Dirk Glowatz & Sine Meinig

Tall Trees and Shadows

Zwölf Geschichten von unterwegs

Short Storys

AF286536

Herstellung und Verlag:
Books on Demand GmbH,
Norderstedt

(out there)

Der Kampf gegen Gipfel vermag ein Menschenherz auszufüllen.

Wir müssen uns Sisyphos als einen glücklichen Menschen vorstellen

Albert Camus

INHALT

MONAT

Die Suche

Ein Mann kam spät nach Haus. Es war dunkel und er hatte gearbeitet. Er freute sich auf das Abendessen, den Abend vor dem Fernseher. Ihm fror, denn es war schon fast Winter.

In einer dunklen Ecke sah er plötzlich ein Kind, welches langsam umhertrippelte und in den Sternenhimmel schaute. Der Mann fragte das Kind, was es denn so spät noch hier machen würde, es wäre kalt und man könne sich leicht erkälten. Doch das Kind schaute ihn nur traurig an und sagte, es suche den Tag. Der Mann war verwirrt, sprach dann aber: "Es müssen noch viele Stunden vergehen, bis die Sonne aufgeht."

Doch das Kind wusste, das er nicht verstanden hatte. Es zog dem Mann am Ärmel seines langen Mantels und sagte leise "Ich suche meinen Tag. Bis jetzt bin ich nur im Dunkeln gewandert, doch es muss doch auch einen Tag für mich geben. Es gibt doch für jeden einen Tag!"

Der Mann vergaß den Hunger und die Kälte. Er nahm das Kind bei der Hand und sie suchten den Tag gemeinsam...

Klassentreffen

Der verrauchte Ecktisch des Restaurants füllte sich nur langsam, obschon es schon weit nach 19 Uhr war.

Nicole und Karla, die Organisatorinnen des Treffens, hatten zu Beginn recht verlassen an der Stirnseite des Tisches gesessen und sich an ihren Weingläsern festgehalten. Doch jetzt kamen ihre ehemaligen Klassenkameraden nach und nach in den reservierten Bereich und Begrüßten die Gastgeberinnen mit Handschlag, Umarmung oder sogar Küsschen. Trotzdem war die Distanz deutlich zu spüren. Immerhin waren 10 Jahre vergangen seit ihre Lebenswege sich getrennt hatten. Als die beiden Frauen die Einladungen versendet hatten, war ihnen erst aufgefallen, dass sie einige der ehemaligen Mitschüler seit damals nicht ein einziges Mal gesprochen hatten. Viele Jahre hatten sie gemeinsam in einem Klassenzimmer verbracht, hatten Ängste und Freude geteilt, Streiche ausgeheckt und Arbeiten verhauen. Und doch war es wohl nur die erzwungene Gemeinschaft einer Schulklasse, die sie verbunden hatte.

Aus der Unsicherheit entstanden die ersten banalen Gespräche. Themen, über die sich Menschen austauchten, wenn sie sich eigentlich nichts zu sagen hatten, aber noch nicht betrunken genug waren, um in Jugenderinnerungen zu schwelgen. Zahlreiche Namen von Freunden und Freundinnen, Ehefrauen und -männern, Chefs, Arbeitskollegen und manchmal schon Kindern kursierten. Der Kellner brachte die Karte: "...was nehme ich denn?" und "...was trinkst denn du?" Alle wirkten nervös, unruhig, die vor zehn Jahren existierende Verbundenheit war mehr als tot. Was blieb war ein Haufen Fremder, die für einen Abend eine Gruppe sein wollten und daran scheiterten. Abhilfe würde der Alkohol bringen, welcher vom Kellner in verschiedensten Variationen hereingebracht wurde.

Fast unbemerkt war eine weitere Person gekommen, hatte sich auf einen der freien Stühle gesetzt ohne das Begrüßungsritual über sich ergehen zu lassen. Nicole nahm den Neuzugang als erste wahr und wisperte zu ihrer Nachbarin: "Ist er das?" Diese antwortete lediglich mit einem Schulterzucken. Jetzt nahmen auch die Anderen Notiz vom Neuankömmling, erst fragende Blicke, dann langsames Erkennen. Ein dicklicher Mann mit Vollbart besann sich scheinbar seines alten Posten als Klassensprecher und ergriff das Wort: "Man, Gerd, wir haben uns ja ewig nicht gesehen!" Der Angesprochene grinste und schwieg, der Rest der Runde tat es ihm nach. Peinlichkeit erfüllte den Raum dermaßen, dass der Kellner anstatt weitere Bestellungen aufzunehmen, schnellstens in Richtung Küche verschwand. Gerd, ausgerechnet Gerd! Was wollte der bloß hier, dachte Nicole. Lediglich ihres Perfektionismus wegen hatte der überhaupt eine Einladung erhalten. Von den Ferien mal abgesehen hatte Gerd während der ganzen Schuljahre den kollektiven Hass der Klasse zu spüren bekommen, ohne dass es dafür einen besonderen Grund gab. Einer war immer zu klein, zu dick, zu arm oder einfach zu anders. Bei ihnen war das nun einmal Gerd. Und wenn jemand keinen Grund gehabt hätte hier zu sein, dann war das wohl er. Aber da saß er nun, grinste, schwieg. Nicole musste die Situation retten: "Schön Gerd, dass du auch hier bist." Doch eine Antwort erhielt auch sie nicht, wenn man vom Grinsen einmal absah. Die Gespräche begannen wieder, doch waren sie noch weit gehemmter und fahriger als zuvor. Jeder fühlte sich beobachtet, zu beobachtet, um sich auf triviales Gerede zu konzentrieren.

Der Kellner hatte sich zurückgetraut und nahm eifrig Bestellungen auf, wurde aber vom grinsenden Eckplatzsitzer ebenso ignoriert wie alle andern auch. Wenn irgendjemand daran zweifelte, dass Zeit relativ ist, dann würde er an diesem Ort eines besseren belehrt. Der Sekundenzeiger der großen Wanduhr eilte schneckengleich über das Zifferblatt, eifrig beobachtet von dem Großteil der Anwesenden. Endlich brachte der Kellner das Essen. Dankbar für die Abwechslung wurde das Schweigen jetzt vom Klirren des Geschirrs abgelöst. Der Mann mit dem Vollbart hatte sein Hähnchen förmlich herunter geschlungen und nutzte die Gelegenheit, sich unter Hinweis auf einen wichtigen Termin zu verabschieden. Jetzt war der Damm gebrochen: "Meine Frau", "die Kinder", "die Arbeit, ihr wisst ja", war von überall zu hören. Brieftaschen wurden gezückt, Mäntel von der Garderobe gerissen, bis nur noch die Gastgeberinnen und Gerd übrig blieben. Nicole kochte. Alles war doch so perfekt organisiert, und jetzt hat dieser Mensch alles zerstört. "Also wirklich Gerd, du hast, du bist..." Weiter kam sie nicht, das unveränderte Grinsen war wie eine Mauer, an der jedes Wort zerschellte. Tränen schossen ihr in die Augen. Sie wendete sich Karla zu: "Lass uns bitte gehen." Diese nickte und stand auf.

Der Kellner wollte nach dem überstürzten Aufbruch nur die Gläser aus dem Hinterzimmer holen und schreckte völlig zusammen, als eine unbekannte Stimme aus der Ecke kam: "Ich würde gerne noch etwas essen!" Der Kellner holte tief Luft um sein Herz zu beruhigen: "Tut mir leid, die Küche hat schon geschlossen." Gerd stand auf und nahm seine Jacke: "Ich fand diese Kneipe schon immer zum Kotzen." Verwundert sah der Kellner dem lauthals lachenden Gast nach.

Das Arschloch

Als ich neulich erwachte fiel mir ein, dass ich noch dringend bei einer Behörde anrufen musste. Völlig verschlafen ging ich zum Apparat und wählte. Doch anstatt der Behörde meldete sich eine Männerstimme. Warum ich denn so früh stören würde, fragte sie mich. "Ein Versehen", erwiderte ich entschuldigend. Doch die Stimme fuhr fort mir ihr Leid zu klagen, an einem verregneten Tag so früh geweckt zu werden. Gereizt erneuerte ich meine Entschuldigung. Wie unsympathisch dieser Zeitgenosse doch war! Um ein weiteres Missverständnis zu vermeiden fragte ich ihn nach der von mir irrtümlich gewählten Nummer. "74193", bekam ich zu hören und ließ alsgleich den Hörer auf die Gabel fallen. 74193, das war ja meine eigene Nummer. Völlig verstört blickte ich in den Spiegel.

Mensch, dachte ich, was bist du doch für ein Arschloch!

Martina

"Ich verstehe das nicht mit dieser blöden Mehrwertsteuer", keifte sie in einem Ton, der ein wenig an die Werbung mit "Herta, was kosten die Kondome" erinnerte. Schon geschlagene zwei Stunden versuchte ich ihr klar zu machen, dass sie die Getränkepreise nicht anhand der Nettopreise kalkulieren sollte, doch hätte ich das auch meinem Friseur erzählen können (wahrscheinlich hätte er es verstanden, wenn er es nicht ohnehin gewusst hätte). Leider musste ich es aber einer Martina erklären, die nicht mal genau wusste, was Prozent bedeutete. Dass diese Frau Grundschullehrerin werden wollte, trieb Manson schon seit Monaten den Angstschweiß in sein Gesicht. Er hatte die Vision, dass Martina einmal die Klassenlehrerin seiner Kinder sein würde: Das definitive Todesurteil für jeden Bildungsweg. Aber zu den Anfängen: Plötzlich war sie da, wie Masern, oder die Pest: Sie sah meiner Meinung nach nicht toll aus, war klein, dick, hatte lange Haare und sprach einen südlichen Akzent. Sie bezeichnete sich als Österreicherin, und was kam schon Gutes aus diesem Land?

Zu aller erst fiel mir an ihr die schrill-schreckliche Stimme auf.

Als nächstes musste ich feststellen, dass auch das, was diese fürchterliche Stimme sprach, schrecklich war.

Wir betrieben in unserem Studentenwohnheim eine Art Selbstverwaltung, und damit auch die kleine Kneipe, einfallsloser Weise Bierkeller genannt.

Martina war nach ihrem Einzug im Wohnheim schnell Dauergast in unserem Keller. In einem Akt von kollektiver geistiger Umnachtung wurde sie zur Bierkellerwartin gekürt, war damit also für die kleine Kneipe verantwortlich. Mit dieser Wahl entstand ein ungeschriebenes Gesetz: Der zweite Bierkellerwart musste sich von Martina in das Amt und nicht nur darin einführen lassen. Einige taten das nicht ungern, Abdul und der U-Boot Kapitän gingen gern darauf ein. Andere ergriff die Panik: Als Manson irgendwann mal zum Assistenten gewählt wurde, wollte Martina ihm sogleich das Bierkeller-Lager zeigen. Eigenartig war nur, dass sie dann von innen die Tür abgeschlossen hatte. Genaueres weiß niemand, aber Manson sagt, er hätte unter Androhung von Gewalt auf das Öffnen der Tür bestanden. Fakt ist, dass er es fortan vermied, mit Martina allein in einem Raum zu sein. Als Bierkellerwartin stellte sie ihre finanzielle Unfähigkeit dermaßen unter Beweis, dass ihr einige Jahre später ein Sessel im Telecom-Vorstand sicher gewesen wäre. Sie bestellte Unmengen von Getränken, die außer ihr keiner mochte, die dafür aber höllisch teuer waren. Den Großteil davon haben wir später weggekippt. Dann verkalkulierte sie sich aufgrund ihrer völligen Unkenntnis im Steuerwesen. Nach wenigen Wochen war klar: Die Frau musste unschädlich gemacht werden!

Ideen gab es viele: Manson war für die nette Wir-reden-darüber-Art. Peter und Dietmar, die mit ihr die Küche teilten, wollten dem Problem mit Fettlösungsmittel wortwörtlich zu Leibe rücken. Nach ihrer Ankündigung, aus dem Fenster springen zu wollen, öffnete Dietmar ihr schon mal Selbiges und ich bat darum, sie solle aus einer anderen Küche springen, sonst hätte ich die Sauerei direkt vor meinem Fenster.

Das Problem war nicht ihr Äußeres (oder nicht nur das), es war ihre Art, diese nervig-kreischende Stimme und der Müll, den sie sprach. Zu mir hatte sie sowieso eine angespannte Beziehung, da ich ihr schließlich verbot, Bestellungen für den Bierkeller aufzugeben. "Dann kann ich ja gleich gar nichts mehr machen", keifte sie und ich antwortete: "Das wäre gut!".

Zu den rätselhaftesten Dingen dieses Lebens gehörte allerdings die Tatsache, dass Martina mehr Sex hatte als Manson, Günni und ich zusammen (was zeitweise keine Kunst war, aber das ist ein anderes Thema). Das lag nicht zuletzt an ihrer Taktik. Früh am Abend begutachtete sie die Typen, welche passabel aussahen und viel Alkohol zu sich nahmen. Hatte sie ein Opfer erwählt, forcierte sie dessen Alkkonsum noch, trank selbst aber nie etwas.

Sobald dem Typen dann die Sinne langsam schwanden, hatte er schnell ihre Hand auf dem Bein. Wenn er jetzt nicht in die Flucht torkelte, war es um ihn geschehen. Wie Thekla, die Spinne bei Biene Maja, schleppte sie das arme Opfer in ihr Zimmer. Manch einem stand am nächsten Morgen der Angstschweiß auf der Stirn, wenn der erste Blick nach dem Aufwachen auf Martina im Bademantel fiel.

Der Paul hatte ihr mal ins Gesicht gesagt, dass sie nur volle Typen abschleppt - da war der Abend aber gelaufen!

Ein weiterer Punkt war Martinas Faulheit. Am liebsten schrieb sie einen Einkaufszettel mit allen Produkten, die sie zuvor im Fernsehen gesehen hatte, und ließ sie sich von Anke mitbringen. Wenn irgendwer ein Auto hatte, lud sie sich gern zum shoppen ein. Einmal wurde ich Zeuge dieses Einkaufsmassakers: Wir fuhren zusammen mit Abdul in dessen Golf zum Marktkauf. Nach einer halben Stunde schob Martina einen Einkaufswagen vor sich her, wie ich noch keinen gesehen hatte: Stapeln konnte sie wirklich gut, selbst ich hatte keine Chance über diesen Lebensmittelberg zu schauen. Das ist wirklich nicht übertrieben!!! Irgendwann keifte sie meinen Namen durch den Laden: Ich musste ihr zu Hilfe kommen. Sie stand vor einem Gefrierfach, aus welchem sämtliche Meeresfrüchte schon in ihrem Wagen verschwunden waren. Nur ein kleines Muschelpaket versteckte sich in der obersten Ecke. "Frank, du bist so schön groß, gib mir doch mal die Muscheln", flötete sie in einem Ton, der mich irgendwie an ein Sägewerk erinnerte. So wurde ich ihr Helfershelfer und lieferte auch das letzte Paket seinem Schicksal aus. Eigentlich wollten wir ja für den Bierkeller einkaufen, aber der Platz reichte kaum für ihre Sachen und der Golf hatte auf dem Rückweg ganz schön zu kämpfen.

Dementsprechend war ihr Zimmer eine einzige Vorratskammer: Wenn das Wohnheim mal einige Monate von der Außenwelt abgeschnitten würde, wäre Martina noch lange versorgt. Aber wehe dem, der Hand an ihr Vorratslager legen wollte. Als wir nach einem Kneipenabend bei ihr vorbeischauten, hätten wir gerne noch die Flasche Sekt getrunken, die dort neben Chipstüten und Nudelpaketen ruhte. Doch alles Bitten war vergebens. Selbst das Angebot, die Flasche zu bezahlen, wurde abgelehnt. Sie rückte nichts raus!

Die Fahrt

Die Fahrt war lang, ewig lang schon. Charles saß unbequem auf dem Mittelplatz des Abteils, die zwei Flics neben ihm, auf jeder Seite einer. Der größere seiner Aufpasser schaute recht genervt zum Fenster, sie saßen im Nichtraucherbereich, bei dem Zigarettenkonsum, den er schon am Bahnhof hatte, war das sicher eine Katastrophe für den Nikotinspiegel. Die anderen Mitreisenden schauten Charles verlegen an. Da war das kleine Mädchen, so um die zwölf, welches abwechselnd in ihr Buch und an die Decke schaute. Daneben die alte Frau, sicher die Großmutter der Kleinen, mit gelocktem, grauem Haar und jungen Augen, die Charles besorgt musterten. Am Fenster saß dann noch eine junge, unscheinbare Blondine, deren Aufmerksamkeit einer Illustrierten galt.
Nach längerem Bitten hatte der kleinere Flic Charles von einer der Handschellen befreit, sie waren jetzt direkt zusammengekettet. Das war ein großer Vorteil, jetzt konnte er sich wenigstens kratzen, ohne die Schultern auszurenken.
Wie war es nur zu dieser beschissenen Situation gekommen, wie war er da wieder

reingeschlittert? Schon in frühester Jugend in Marseille hatte Frank sein Geld durch Gelegenheitsgaunereien verdient. Er wuchs bei seinem Onkel auf, einem passionierten Betrüger, dem das Glück aber nie hold gewesen war. Noch heute hauste er in seinem verfallenen Haus am Stadtrand. Charles wollte es besser machen, wollte schlauer sein, moralische Bedenken waren nicht vorhanden, woher auch? Seine Eltern hatte er nie kennen gelernt. Die Mutter starb kurz nach seiner Geburt, der Vater hatte sich aus dem Staub gemacht. Als Vorbild zählte also nur noch dessen Bruder, ein Gauner und Looser.

Charles wollte das schnelle Geld machen, doch waren die Möglichkeiten nicht allzu dicht gestreut. Es musste viel riskiert werden. Dazu war er bereit. Sein Freund Alfons kannte jemanden, der wieder jemanden kannte, der einen Partner für einen Deal suchte. Es ging um Koks, eine große Menge Koks und viel, viel Geld. Er traf also diesen Typen, einen Mann, der mehrere Klassen über Charles spielte: Völlig cool, aalglatt. Sein letztes Geld und das des Onkels investierte er in diesen Deal - seine große Chance. Der Plan war simpel und hätte auch aus einem billigen amerikanischen Film stammen können. Das hätte ihm doch auffallen müssen, wie konnte er so dumm sein? In einem Cafe sollte der Kontaktmann, ein Südamerikaner, auf ihn warten. Alles Nähere würde dort abgesprochen werden.

Die einzigen, die Charles in dem Cafe traf, waren schwer bewaffnete Bullen. Erst ging es aufs Revier, dann ins Gefängnis nach Toulouse - als ob es in Marseille nicht genügend Knäste gäbe. Ein Anwalt wurde ihm gestellt, ein junger Mann, frisch von der Universität, der ihn ständig vertröstete und auf seine tausend Fragen keine Antworten wusste. Hatte man ihn reingelegt oder waren auch seine Partner im Knast? Was genau wurde ihm vorgeworfen? Bald würde er mehr wissen. Der Weg ging zur Verhandlung nach Marseille, ein Heimspiel sozusagen.

„Ich gehe eine rauchen, Eduard", sagte der größere Bulle. Er nahm seine Schachtel aus der Tasche und ging in den nächsten Wagen. Der Zug drosselte seine Fahrt, fuhr wohl in einen Bahnhof ein. Die Kleine trippelte nervös umher. Sie und ihre Oma waren wohl am Ziel. Die alte Frau stand auf und stellte sich vor den Polizisten. Sie griff nach oben und versuchte, den Koffer aus dem Gepäcknetz zu ziehen. Charles beobachtete interessiert die Szene. Es war ihm völlig klar was passieren musste. Kaum dass der Koffer die Halterung überschritten hatte, sauste er auch schon der Schwerkraft folgend nach unten auf den Kopf des staunenden Flics, der sogleich benommen zur Seite kippte.

Das war die Chance! Die Pistole des Besinnungslosen war nur wenige Zentimeter von Charles entfernt. Von dem anderen Bullen war nichts zu sehen. Charles drehte den Kopf zur Seite. Seine Blicke trafen sich mit denen der Kleinen. Es war, als würden Gedanken verschmelzen. Er konnte sie packen und mit ihr als Geisel locker raus kommen. Oder einfach auf den Bahnhof rennen mit dem Überraschungsmoment auf seiner Seite. Sie blickten sich weiter an. In diesem bizarren Moment schien die Zeit still zu stehen…

Charles ließ sich langsam zurück in den Sitz sinken, die Anspannung wich von ihm.

Der Flic kam langsam wieder zu sich und die alte Frau entschuldigte sich tausendmal für das Versehen. Charles lehnte sich locker zurück und lächelte freundlich seinen lädierten Aufpasser an, was diesen sichtlich verwirrte. Keinerlei Ärger über die verpasste Chance war Charles anzusehen - er schien Glücklich und Zufrieden zu sein.

Denn im Moment, als die Flucht möglich gewesen wäre, die Chance greifbar nah schien, in diesem Moment hatte Charles in den geheimnisvollen Augen des Mädchen sich selbst gesehen: Sich selbst, tot auf dem Bahnsteig.

Letzter Tag am Meer

Die Sonne strahlte heiß, so heiß, dass man den Sand nicht barfuss betreten konnte. Der blaue, wolkenlose Himmel, das warme Meer und überall Schönheiten in Badebekleidung - das war schon ein super Urlaub, den Peter hier mit seinen Freunden verbrachte, ganz ohne Frauen, so wie früher. Er war zwar keine 18 mehr, dafür aber der einzig unverheiratete in der Truppe und stolz darauf. Was seine langjährige Beziehung mit Renate von den Ehen seiner Freunde unterschied war Peter selbst nicht ganz klar. Vielleicht war es die viel beschriebene Bindungsangst. Er war einfach nicht so festgelegt, hatte sich die Spontanität bewahrt.

Morgen ging es zurück, der letzte Tag war leider angebrochen. Schon zum Frühstück hatte Peter dieses Gefühl von Melancholie: Wieder war eine dieser temporären Inseln im Alltag fast vorüber. Es war Paradox, aber Peter wollte diesen Tag allein verbringen, allen Protesten seiner Kumpels zum Trotz. Mit dem Badehandtuch bewaffnet ging er in Richtung Strand. Hier lag Peter nun auf dem Rücken, blickte den Wolken nach und ließ sich lediglich von der einen oder anderen Schönheit ablenken. Obwohl sich das Bild von Renate immer weniger aus dem Kopf verjagen ließ, ruhten seine Blicke schon seit einigen Minuten auf der langbeinigen Blondine, die ein paar Meter neben ihm lag.

Plötzlich forderte allerdings ein freundliches "Hallo" seine Aufmerksamkeit.

Peter drehte sich um und sah einen sportlichen, braun gebrannten Mittvierziger, der ihm irgendwie bekannt vorkam. "Wir kennen uns doch", sagte der Typ lächelnd. Peter wurde klar, dass der Fremde wohl auch in seiner Pension wohnte. Wahrscheinlich suchte er einen Trinkkumpanen oder Irgendjemanden zum Zuhören, oder schlimmer noch, beides zusammen. Vielleicht war er auch schwul und wollte einen Urlaubsflirt beginnen. Deswegen antwortete Peter barsch: "Das ist mein letzter Tag, und den würde ich sehr gerne allein verbringen." Doch der Typ lächelte nur: "Ich weiß, dass es ihr letzter Tag ist. Den sollten sie wirklich genießen", sprach er mit dem Lächeln eines Versicherungsvertreters, der kurz vor dem Verkauf des Gesamtpaketes stand. "Dann ist ja alles klar, viel Spaß noch", wimmelte Peter ab. Der Fremde wirkte enttäuscht: "Ich dachte, sie hätten noch etwas Besonderes vor, vielleicht mit der Blonden, die sie ständig anstarren. Aber herumliegen können Sie auch bei mir." Das war es also, schönen Dank auch. "Ich bin nicht schwul!", blaffte Peter, aber der Typ lachte nur. "Ich auch nicht, weder schwul, noch bi noch sonst irgendwie sexuell." Peter grinste. "Das tut mir leid." Nun wurde der Fremde ernst. "Mir tut es nicht leid. Ganz im Gegenteil, es gehört zu meinem Job, zu meiner Aufgabe. Ich bin dein Tod." Peter entgleisten die Gesichtszüge. Es dauerte einige Sekunden, bis er den Satz verdaut hatte und erwiderte: "Heute morgen in die Witzekiste gefallen, was?" Sein Gegenüber nahm die Sonnenbrille ab und sah ihm in die Augen: "Ich scherze nicht! Und da du sowieso nur herumliegst und schlechte Manieren zeigst, habe ich die Sache ein wenig beschleunigt. Dein Herz steht jetzt schon seit fast fünf Minuten still." Peter griff sich reflexartig an die Brust und suchte vergebens nach dem sonst so vertrauten Pochen. "Das muss ein Versehen sein, wieso denn ich, wieso denn ausgerechnet heute...?" Doch sein Tod unterbrach ihn: "Jeder ist mal dran. Und es ist doch ein wirklich netter Tag zum Sterben. Die Sonne scheint, es ist warm. Stellen sie sich vor, sie wären im Dauerregen auf einer Einkaufsstraße dahingeschieden, umring von kreischenden alten Frauen. Da geht es ihnen doch hier richtig gut. Die Blondine in ihrem kurzen Bikini wird gleich merken, dass etwas nicht stimmt. Sie wird sofort mit der Mund-zu-Mund Beatmung beginnen. Eine erotische Vorstellung, oder nicht? Leider haben sie nichts mehr davon." Peter gab nicht auf: "Aber ich bin, na ja, ich war doch kerngesund. Was war es denn, ein Infarkt? Ein Schlaganfall?" Der Typ lächelte mild: "Sie verwechseln da etwas. Ich bin kein Arzt, ich bin der Tod. Mir ist es gleich, warum und wieso. Machen sie sich keine Gedanken. Sind sie erst mal tot, ist der Grund bald egal."

Eine junge Frau beugte sich über einen blau angelaufenen Männerkörper und versuchte erfolglos, diesen zum Atmen zu bringen. Peter und sein neuer Begleiter hatten den Strand schon verlassen.

Weihnachtslieder im Sommer

Es waren vor allem Paare, die vor dem Regen in das Cafe geflüchtet waren und jetzt ein wenig verwirrt in Richtung Theke schauten.

Der Kellner, um die zwanzig, schlank, mit modischem Bärtchen, genoss sichtlich die gewonnene Aufmerksamkeit. "Last Christmas, I gave you my heart...", dröhnte es aus dem Lautsprecher. Ein Weihnachtslied im verregnetsten Juli, den ich jemals erlebt hatte. So viel schwarzer Humor wurde vom Publikum mit sanftem Lächeln, bisweilen auch motiviertem Mitsummen, honoriert. Lachend blickte ich auf den Platz, wo einige Verwegene unter zweckentfremdeten Sonnenschirmen dem Wetter trotzten. Die Tram ratterte vorbei, Funken sprühten an den Stromabnehmern. In der gegenüberliegenden Spiegelwand sah ich meine triefend-nassen Haare und wurde an den sprichwörtlich begossenen Pudel erinnert.

Der Tag hatte sehr sonnig begonnen. Doch einem strahlenden Morgen ist in Amsterdam erfahrungsgemäß nicht zu trauen. Als wir am frühen Nachmittag den Vondelpark erreichten, hatte sich am Himmel eine Wolkenfront -praktisch aus dem Nichts- manifestiert. Doch der Park war voller Menschen, ihre Lockerheit war allgegenwärtig. Das hatte mich schon bei meinem ersten Besuch in der Stadt vor fast zehn Jahren begeistert. Wir gingen vorbei an spielenden Kindern. Fahrräder lagen im Gras, die jeweiligen Besitzer saßen daneben, quatschten, küssten. Zwei ältere Frauen hatten sich direkt am kleinen Teich niedergelassen, eine halbvolle Flasche Rotwein lehnte am Baum. Die Beiden tranken aus stilvollen Weingläsern, blickten auf das Wasser und genossen sichtlich die letzten Minuten, bevor der Regen einsetzten würde. Wir erreichten die Bühne im Zentrum des Parks. Eine junge Frau tanzte zu Chansons vom Band, die wenigen Besucher klatschten, mehr aus Höflichkeit als aus Begeisterung. Der kleine Kiosk hatte geöffnet. Ich kaufte Eis, Kaffee und Appletart, was sonst? Sie wählte einen Platz im Gras um den Moment zu genießen, bevor der Regen begann. Und dann kamen die Tropfen, schnell und schneller. Wir ergriffen die Flucht und liefen in Richtung der kleinen Brücke am Rande des Parks. Dort, im Reich der Nichtsesshaften, sammelte sich ein bunter Strauß von Menschen. Der Lärmpegel war schnell so hoch wie auf der benachbarten Straße. Sie hatte jetzt meine Jacke, mein T-Shirt war ohnehin triefend nass, dass es keinen Schutz mehr benötigte. Also verließen wir unsere Zuflucht Richtung Leidseplein, liefen durch den platschenden Regen, um schließlich in diesem Cafe zu landen und George Michaels Weihnachtshit zu lauschen, mitten im Sommer. Alles war gut.

Maiki

Sommer war schon geil: Seit Tagen war es
ununterbrochen heiß und die verdammten
Ferien noch Wochen entfernt. Und heute
war auch noch Montag, der ganze Lern-
scheiß lag noch vor ihm. Maiki hatte das
ganze Wochenende mit den Anderen ab-
gehangen. In der Passaarelle am Bahnhof
hatten sie irgendwelche Penner angepö-
belt und einem kleinen Wichser die Kippen
abgezogen. Danach ging es mit dem Bus
zum Blauen See. Abbas hatte von seinem
Bruder was zu rauchen besorgt. Stunden-
lang lagen sie dicht im weichen Sand, die
Körper in der Sonne bratend und die
Chicks beobachtend, echt geil! Als sich
selbst Abbas Haut krebsrot färbte, war es
Zeit zum Aufbruch. Der Rückweg zur Bus-
haltestelle führte durch einen kleinen Wald.
Sie gingen über einen ungepflasterten Pfad
und gaben sich größte Mühe, diesen kom-
plett   auszufüllen.   Entgegenkommende
Radfahrer mussten absteigen und kassier-
ten einige Checks, aus Versehen natürlich.
Wer auf das Absteigen verzichtete wurde
von Abbas unsanft in das Buschwerk ge-
schubst. Er war für seine vierzehn Jahre

ungewöhnlich groß und stark. Skrupel, dies auszunutzen, hatte er keine.

Freitag stand Räder kicken an der Uni auf dem Programm: Ein gezielter Tritt an das Vorderrad, und das Teil war hin. Teilweise wurden sie sogar von den Fahrradbesitzern dabei gesehen, doch von diesen Weicheiern war nichts zu befürchten. Die ließen ihre Bikes zertreten ohne sich zu wehren. Keine Ehre, diese Penner. Bei Maiki war das anders. Vor zwei Monaten hatte sich irgendein Spinner an Maikis Bike vergriffen. Zusammen mit Abbas hatte er den Typ erwischt und ihn krankenhausreif geschlagen. Am Abend standen dann die Bullen vor seiner Tür und nahmen ihn gleich mit. Er hatte keine Ahnung, wie sie seine Adresse rausgekriegt hatten. Auf die Sozialstunden, mit denen das Verfahren irgendwann mal enden würde, war geschissen. Aber als Maiki nach Hause kam, wartete sein Alter schon auf ihn. Er war voll, aber nicht zu voll, um ihn übelst zu verprügeln. Doch das war nicht das Schlimmste, Maiki war das gewohnt, er war härter als dieser Säufer. Doch als er sein Zimmer betrat kamen ihm doch fast die Tränen: Dieser Wichser hatte seinen MP3-Player eingesammelt, seine Rap-CD´s mit einer Zange bearbeitet und seine gesamten Poster von der Wand gerissen: Fotos von 2Pac, für immer der Größte aus dem Ghetto, seltene Bilder, mühsam gesammelt und geklaut, alles zerstört. Das würde er seinem Alten nie vergessen. Doch das war lange Geschichte. Er war zu clever, um sich noch mal erwischen zu lassen, auch wenn die Lieblingsaktion von ihm und seiner Gang nicht ungefährlich war: Mit Mountainbikes aus einer Seitenstraße auf die Hauptstraße zuhalten, in letzter Sekunde bremsen und ausweichen. Maiki liebte die entgeisterten Gesichter der Fahrer, kleine, von Panik ausgelöste Auffahrunfälle, und vor allem den Adrenalinkick.

In der Schule waren sie für solche Aktionen bewundert und gefürchtet. Jetzt standen sie in ihrer Ecke, direkt an der Schulhofmauer - eine Ecke, in die sich nicht einmal die Lehrer trauten. Wenn diese feigen Idioten vorbeigingen, schauten sie oft gezielt in eine andere Richtung. Etwas zu sehen würde ja zum Eingreifen zwingen, das versuchten diese Missgeburten zu vermeiden.

Kai, der kleinste und schweigsamste der Gruppe, stand an der Mauer mit den Stöpseln seines MP3-Players im Ohr. Sasch, nicht viel größer, war das komplette Gegenteil. Er laberte in einer Tour und versuchte gerade Abbas die Vorzüge seines neuen Handys zu erklären. Die Alten von Sasch hatten als einzige Kohle, nicht zuletzt ein Grund diese Labertasche in die Gruppe aufzunehmen. „Das Teil musste ich extra bestellen, gibt's hier gar nicht, weißt du...", quasselte Sasch. „Ja, deine Mutter!", beendete Abbas genervt den Monolog. „Heute wieder zur Vahrenwalder, Autos jagen?", Maiki schmiss seine Kippe lässig weg, natürlich war Rauchen hier verboten, den anderen zumindest. „Klar, aber erst zum Dönermann!" Maiki bemerkte, wie die Blicke seiner Jungs plötzlich an ihm vorbeigingen. Er drehte sich um und stand nur noch einen Meter entfernt von Mira. Wahnsinns Chick, mit vierzehn schon den Körper einer 18jährigen, Brüste, lange Beine, ein geiler Arsch. Was er jedoch niemals zugegeben hätte: Da waren diese riesigen Augen unter den tiefschwarz gefärbten Haar. Diese Augen machten ihn wahnsinnig und hatten ihn schon die eine oder andere Nacht beschäftigt. „Hey, was geht, ihr harten Gangster." Sie war sicherlich die einzige Person an der Schule, die einen leichten Spott nicht mit starken Blessuren bezahlte. „Nicht viel. Was machst du?" Mira schaute gelangweilt umher: „Abhängen, zusehen dass die Scheißstunden hier rum gehen." Mira hatte für ein Mädchen einen beachtlichen Ruf. Einer ihrer ehemaligen Freundinnen hatte sie den Arm ausgekugelt, weil diese hinter ihrem Rücken Scheiße erzählt hatte. Drei Tage Suspendierung waren vorgesehen, als Mira in das Direktorenzimmer kommen musste. „Siehst du denn nicht ein, das Gewalt keine Lösung ist?", hatte der Rektor mit verständnisvollem Blick gefragt. „Wenn ich die Schlampe erwische, kugele ich ihr den anderen Arm auch noch aus." So wurden aus drei Tagen zwei Wochen. Ein Schulverweis, der erklärte Wunsch des Klassenlehrers, war nicht möglich. Mira war schon von zwei anderen Schulen geflogen, ihr Ruf eilte ihr voraus.

Diese Frau musste es sein, dachte Maiki, cool, geil und eiskalt. Doch seine zahlreichen Versuche, mehr bei ihr zu erreichen als cooles Gelaber, waren gescheitert. Aber Aufgeben kam für ihn nicht in Frage: Er war brutal, vor allem aber stur. „Kommst du mit zum Dönermann heute Nachmittag?" Mira richtete die Riesenaugen auf den etwas kleineren Maiki: „Hab keine Kohle zur Zeit". Jetzt fiel Sasch wieder ins Gespräch: „Kein Problem, heute ist doch Montag!" Mira drehte sich um und schlug Sasch unsanft auf die Schulter, dass dieser aufjaulte: „Wer hat dich denn gefragt, Kleiner. Einen Kalender hab ich selber". Maiki machte sich auf, die Situation und seine Chancen zu retten. „Du bist eingeladen, wir werden Montag immer freiwillig gesponsert. Da vorne, da kommt unser Montag." Böses Lachen. Maiki zeigte auf einen kleinen Jungen, der schon einige Zeit etwas entfernt auf ein Zeichen von ihm wartete, welches er jetzt erhielt. „Genau, Montag zahlt!", wollte Sasch Boden gutmachen, was mit einem Schlag von Abbas auf die andere Schulter honoriert wurde: „Schnauze, Missgeburt." In den Osterferien hatten Abbas und Maiki Kevin, einen kleinen Wichser aus der Schule, im Park getroffen und spaßeshalber abgezogen. Weil sie keine Unmenschen waren, durfte der Kleine sich seine Schuhe und das Handy zurück kaufen. Als die Schule wieder begann und nicht mal Sasch Kohle hatte, erinnerten sie sich an die Aktion und besuchten Kevin. Wenn dieser jeden Montag fünfzehn Euro abdrücken würde, hätte er keine Probleme oder stärkere Verletzungen zu befürchten. Voller Angst ging Kevin darauf ein und hieß von da an Montag. Mittlerweile gab es auch noch eine Mittwoch und einen Donnerstag, an den restlichen Tagen arbeiteten sie noch. Maiki war schlau genug, um seine Geschäfte am Nachmittag außerhalb der Schule abzuwickeln. Die

Lehrer waren feige Wichser, aber bei Abziehen und Drogen würden sie handeln, das war ihm klar. Deswegen holten sich seine Sponsoren morgens die Info, wo sie am Nachmittag ihr Geld abgeben sollten und welche Aufgabe für die Vier zu erledigen waren: Hausaufgaben machen, Einkaufen oder einfach nur eine halbe Stunde auf einem Bein stehen, wenn Maiki und Co. gerade nichts einfiel. Diese Missgeburten hatten keine Ehre und verdienten deswegen auch keinen Respekt.

Am ersten Zahltag hatte Kevin noch geweint, doch jetzt nahm er es zwar immer noch ängstlich, aber gefasst. „Hallo", sagte er leise. Abbas drehte sich zu ihm um: „Zwei Uhr beim Dönermann, genau wie letzte Woche!", befahl er, und der Kleine nickte. Kevin wollte sich schnellstmöglich aus der berüchtigten Mauerecke entfernen. Doch Sasch nutzte die Chance, seine Schmach weiterzugeben und schlug ihm mit aller Kraft auf die Schulter. Kevin schrie auf vor Schmerz; die Pausenaufsicht schaute kurz hoch und sofort wieder weg. So eine Missgeburt, keine Ehre, dieser Typ, dachte Maiki über seinen Kumpel. Vielleicht sollte Sasch zu Freitag werden.

Der Pausengong beendete seine Gedanken, Mira drehte sich um und ging. „Und was ist mit nachher?", rief ihr Maiki nach. „Mal sehen", Mira lachte.

Normalerweise kam Maiki immer gezielt zu spät zu den Geschäftsterminen, doch heute war das anders. Nach der Schule war er noch kurz zu Hause, um sein Outfit zu checken. Sein Alter war erfreulicherweise nicht da. Wahrscheinlich hatte er eine neue Kneipe gefunden, die auch mittags offen hatte. Maiki verbrachte fast eine Stunde in dem kleinen Bad der Wohnung, hatte eine weiße Hose und ein ebenfalls weißes Shirt angezogen. Seine Goldkette mit dem überdimensionierten Emblem hatte er mühevoll gerichtet. Schließlich kam noch ein Stirnband in die gegelten Haare. Er war ein Gangster, das sollten alle, das sollte besonders Mira sehen. Er war gefährlich - noch nicht so gefährlich wie 2Pac, aber er hatte ja noch Zeit daran zu arbeiten.
Nun stand er vor dem Dönerladen und merkte, dass Nervosität in ihm hochkroch. Verdammt, das alles wegen einem Chick! Mittlerweile hatten sich die Jungs zu ihm gesellt. Zuerst der nervende Sasch, der wieder irgendwas von seinem Handy quasselte. Später stellte sich dann Kai wortlos dazu, und auch Abbas trudelte auf seinem Bike ein. Jetzt warteten sie zusammen an

der Hauswand des Ladens auf Kevin - Maiki allerdings vor allem auf Mira, die noch nicht zu sehen war. An der Front des Ladens war ein verwitterter Sonnenschutz ausgefahren, der in Hannover weit eher dem Regen trotzte. Doch jetzt erfüllte er seinen Zweck und spendeten ihnen Schutz vor der fast unerträglichen Hitze. Im Fenster hingen Bilder von den angebotenen Gerichten, welche Kai intensiv studierte, obwohl er fast jeden zweiten Tag hier aß.

Nach einigen Minuten kam von der Kreuzung Kevin mit gesenktem Kopf aus sie zu. Ein leises „Hallo" quälte er sich heraus. „Der Montag ist da, na dann mal her mit der Kohle". Die Jungs lachten böse, während der Kleine mühsam drei fünf Euro Scheine aus der Hosentasche holte und Maiki in die Hand drückte. „Sag deinen Alten mal, dass du mehr Taschengeld brauchst", sagte Abbas drohend. Weiter kam er nicht, weil von der anderen Seite ein Mädchen auf dem Rad in ihre Richtung fuhr. Das tiefschwarze Haar war unverkennbar, das war Mira, Wahnsinn. Maikis Puls verdoppelte sich förmlich, sein Herz schien jetzt im Hals zu schlagen. „Hey", sagte sie locker und schloss ihr Rad am altersschwachen Ständer vor dem Imbiss an. „Was machen wir, die Nummer mit den

Autos?" Maiki zeigte betont cool auf die Imbisstür: „Erst mal einen Döner, Montag hat uns eingeladen, stimmt´s?" Kevin nickte, während Abbas einen Schritt auf ihn zuging. Jetzt kam sein Lieblingsspiel. „Und damit du Missgeburt dich nicht langweilst, putzt du unsere Fahrräder in der Zeit, weißt du?" Jetzt waren die Fragezeichen im Gesicht des Jungen nicht zu übersehen „Ich hab doch keinen Lappen dabei...", stammelte er. Abbas packte ihn unsanft an die Schulter: „Es ist heute warm, da brauchst du kein T-Shirt." Kevin konnte die Tränen kaum unterdrücken, während er sein Shirt auszog. Mira ging nun einen Schritt auf die beiden zu: „Hey Kleiner", sagte sie sanft und legte ihm ihren Arm auf die Schulter. Kevin blickte sie hoffnungsvoll an, doch ihre Augen funkelten böse: „Die Kette muss auch blitzen, du kleiner Pisser." Der Kleine fügte sich in sein Schicksal und begann zu putzen. Plötzlich spürte Maiki Miras Hand auf dem Rücken und mit einmal schien es noch 20 Grad heißer geworden zu sein. „Na los, ich hab Hunger", sagte Abbas.

Der Imbiss war sehr klein mit eine Theke in der Mitte, hinter der, wie immer, der Dönermann stand: Dunkelhäutig, schwarzer Schnurrbart, die weiße Schürze gesprenkelt mit Soßenflecken. Dieser Typ war immer hier: Morgens, abends, in der Woche wie am Sonntag. Wenn es irgendeine feste Größe, eine Konstante in Maikis Leben gab, waren das mit Sicherheit nicht sein versoffener Alter und schon gar nicht diese nervenden Lehrer mit ihrem sozialen Gelaber. Seine Kumpels waren echt o.k., eine coole Gang. Doch hatte er vielleicht im Winter schon eine neue Gang. Wirklich viel bedeuteten ihm die Jungs nicht, von Abbas mal abgesehen. Eines aber war klar: Der Dönermann würde noch hier sein, morgen, nächste Woche, nächstes Jahr. Das war irgendwie beruhigend. Der Mann verdiente Respekt, obwohl er den Jungs kaum Aufmerksamkeit schenkte. Auch jetzt unterhielt er sich in dieser fremden Sprache, welche sich für Maiki immer ein wenig wie Gesang anhörte, mit einem ebenfalls südländischen Typ. Der saß an einem der beiden kleinen Tische. Maiki wartete, bis der Herr des Ladens sich kurz zu ihm drehte: „Fünf Dönersandwich, und für alle einen Ayran." Wortlos begann der Angesprochene Fleisch vom Spieß zu schneiden und türkisches Brot in eine Art Röster zu legen, der aussah, wie ein überdimensionierter Sandwichtoaster. Abbas öffnete die Glastür, nahm fünf Tetras mit Ayran aus dem Schrank und stellte sie auf den freien

Tisch. Mira setzte sich, Maiki und Abbas folgten ihr. Für die anderen beiden blieb kein Stuhl. Maiki spürte wieder die Hand dieser Traumfrau auf seinem Rücken und gleichzeitig begann seine weiße Hose zwischen den Beinen reichlich zu spannen. Heute wird es gehen, die oder keine, das war ihm klar. Sein Blick wanderte aus dem Fenster, wo Kevin immer noch fleißig mit freiem Oberkörper die Räder polierte. Durch die offene Tür kam ein leichter Windhauch herein, der Geruch von heißem Asphalt und Abgasen, der Geruch von Sommer in der Stadt. Seine Gedanken wanderten, er sah sich durch sein Ghetto gehen, alle Typen begegneten ihm mit vorsichtigem Respekt. Neben ihm ging Mira. Er sah sich mit ihr in seinem Zimmer, zog sie langsam aus, während 2pac aus dem Ghettoblaster rappte. Die Stimme des Dönermannes riss ihn aus seinen Träumen. „Fünf Döner". Maiki legte die 15 Euro auf den Tisch, die Sasch wortlos nahm und zum Tresen brachte, jeder hatte seine Aufgabe. „Siebsehn-funfsig" sagte der Dönermann in gebrochenem Deutsch. Sasch drehte sich fragend um „Das Geld reicht nicht", sagte er zu Maiki. „Dann nimm deine eigene Kohle dazu." Sasch hatte verstanden, jede weitere Frage konnte ungesund werden. Er kramte 2,50 aus der Tasche, gab sie dem wartenden Besitzer und trug das Essen zu den anderen. Maiki biss genussvoll in den von Brot umgebenden Fleischberg. Er hatte den ganzen Tag noch nichts gegessen, Frühstück gab es nicht. Selbst wenn er morgens zeitig genug aufgestanden wäre, was nie der Fall war, scheiterte es an dem Vorhandensein irgendwelcher unverschimmelter Lebensmittel. Der heimische Kühlschrank diente hauptsächlich dazu, Bierreserven auf Temperatur zu halten. Maiki hätte gleich noch ein zweites Teil essen können, wollte aber Saschs Geldreserven nicht unnötig schröpfen. Sie blieben noch einige Minuten sitzen um den Ayran auszutrinken und standen dann fast zeitgleich auf. „Autos schocken?", fragte Maiki. Abbas lachte zustimmend: „Klar, los, Montag hat die Bikes ja klar gemacht". Als sie aus der Tür kamen hatte Kevin sein Werk wirklich vollendet: Das ehemalig weiße Shirt war jetzt voller Öl, und die Räder blitzten wie neu. „Nicht schlecht. Jetzt hast du deine Ruhe, bis nächsten Montag." Der Kleine machte sich sofort auf den Weg, voller Angst, einer dieser Gangster könnte es sich noch anders überlegen und ihn weiter quälen.

„Wie läuft das jetzt?", fragte Mira gespannt. „Klare Sache, du gehst mit Kai zur Kreuzung. Der gibt uns ein Zeichen, wenn die Ampeln weiter oben an der Dragoner grün werden. Dann fahren wir von weiter unten los." Kai setzte sich wortlos in Bewegung. Mira suchte noch in ihrer kleinen Tasche herum und hielt schließlich ihr Handy in die Höhe. „Ich mach dann ein Foto von Dir oben an der Ecke." Sie meinte eindeutig ihn, was Abbas mit einem beleidigten Blick quittierte. Sorry, Kumpel, aber das ist mein Chick. Während die beiden auf ihren Rädern weiter zur anderen Ecke der Seitenstraße fuhren, versuchte Sasch, den anderen folgend, Mira in Sachen Handytechnik ein Gespräch aufzudrängen.

Die Räder standen jetzt nebeneinander, Abba´s links, Maiki´s rechts. So würde es auch bleiben, denn so kamen sie nach dem Bremsen jeder zu einer Seite locker weg, ohne sich zu behindern. Profis halt, dachte Maiki, und starrte zur Ecke, wo Kai das Zeichen geben würde. Der hob jetzt seine Hand, die Autos setzten sich also in Bewegung. Schon schoss Abbas an ihm vorbei. Maiki trat in die Pedalen: „Du Wichser willst zuerst bei Mia vorbeikommen, aber das wir nichts", dachte er und hatte den Vorsprung seines weitaus schwereren Freundes bald eingeholt. Jetzt konnte er Mira schon hinter einem parkenden Auto sehen. Sie machte wild Fotos mit ihrem Handy, mit der anderen Hand winkte sie freudig. Doch darauf konnte er sich jetzt nicht mehr konzentrieren. Die Haltelinie kam näher, sie mussten zeitig bremsen und dann zur Seite weg, er nach rechts, Abbas nach links. Jetzt hatten sie die Kreuzung erreicht, er war eine Reifenlänge vor Abbas, hatte es ihm und vor allem Mira gezeigt. Maiki war vorne, musste also zuerst reagieren. Er zog kräftig die Bremse, in gleicher Sekunde war sein Körper von Adrenalin überflutet. Die Hebel boten keinen Widerstand, das Bike fuhr mit unverminderter Geschwindigkeit weiter. Jetzt schien alles in Zeitlupe abzulaufen. Er blickte nach unten, die Bremsbacken machten keine Anstalten, ihrer Aufgabe nachzukommen. Dann blickte er zur Seite, sah Abbas mit panischem Gesicht, der verzweifelt wie vergebens versuchte, mit den Füßen zu bremsen. Nur noch Sekunden trennten sie von der Fahrbahn. Maiki dachte an Mira, an die dunklen, großen Augen, in denen er immer fast versank. Dann war die Wirklichkeit zurück, Abbas Schrei endeten in einem dumpfen Schlag. Maiki konnte noch sehen, wie sein Freund unter einem Volvo verschwand. Dann wurde ihm selbst das Rad unter dem Körper weggezogen. Für eine Sekunde hatte Maiki das Gefühl, fliegen zu können, fühlte sich frei, dachte an Mira. Dann beendete die Windschutzscheibe, auf die er mit voller Wucht knallte, jeden Gedanken.

Ein kleiner Junge mit freiem Oberkörper überquerte gerade eine Parallelstraße, als der Wind die Geräusche von quietschenden Autoreifen und plötzlich endenden Schreien herüberwehte. Er kramte einen kleinen Seitenschneider aus der Tasche, schmiss ihn in einen Mülleimer, und dachte darüber nach, was er sich am nächsten Montag von seinem Taschengeld kaufen würde.

Der große Tag

Wind drückte schon seit einer Stunde gegen seinen Rücken, die Hände bekamen langsam Schlieren. Einige Meter von ihm ließ eine Frau nicht enden wollende Wortschwaden auf ihn los, doch Roger hörte gar nicht zu. Wieso auch, er verstand ja sowieso kein Wort.

Was war los? Wieso handelte er nicht? Hatte er nicht lange genug auf die Fahrt von Glasgow nach Paris gespart, das wenige Geld, welches ihm das Sozialamt gab, zurückgelegt?

Einen Job hatte er schon seit zwei Jahren nicht mehr und dieser Zustand würde sich wohl kaum ändern. Seine Freundin hatte ihm immer wieder gut zugeredet, für sie war er Tag für Tag wieder auf die hoffnungslose Suche gegangen. Und jeden Abend traf er Zuhause auf seinen Freund Jeff - eigenartig wie oft er ihn doch besuchte. Schließlich hatte Susan es ihm gebeichtet: Jeff war besser, schöner, toller und vor allem erfolgreicher. „Alte Schlampe", dachte sich Roger enttäuscht.

Nachdem Susan gegangen war, fiel er in ein tiefes Loch. Die Wohnung war allein nicht zu finanzieren. Das wenige Geld, das ihm blieb, wurde sofort in billigen Whiskey umgesetzt.

Während Roger nun den ganzen Tag vorm Fernseher saß, soff und auf den Rausschmiss aus der Wohnung wartete, kam ihm die Idee. Es lief gerade ein Bericht über Paris, natürlich mit dem obligatorischen Eifelturm. Das war es! Nun würde er es allen zeigen. Mit einem Schlag war er nüchtern, brach in unglaubliche Aktivität aus. Ein schwülstiger Abschiedsbrief an Susan und die Welt wurde aufgesetzt. Alles, was in der Bude noch irgendwelchen Wert hatte, kam samt Fernseher in das gegenüberliegende Pfandhaus. Mit dem Geld ging Roger zum Bahnhof und erstand eine Zugkarte für die kommende Woche nach Paris.

Die verbleibende Zeit nutzte er um jedem, der ihm einfiel, seinen Entschluss mitzuteilen. Schriftlich musste dies natürlich geschehen, die Telefonzelle war für eine solche Mitteilung kaum geeignet: „Ich werde vom Eifelturm springen, nächsten Sonntag, punkt 18 Uhr, ihr habt es nicht anders gewollt, habt mich dahin getrieben.“ Doch bis zum Tag der Abfahrt sah es mit den 'Rückmeldungen' kläglich aus. Meistens wurde ihm mitgeteilt, er solle mit dem Saufen aufhören. Eine Tante, mittlerweile um die achtzig, beschwerte sich, sie könne die Schrift nicht lesen. Deprimiert ging er zum Bahnhof, um seine Reise zu beginnen. Am Samstagmorgen traf er in der Stadt der Liebe, für ihn die Stadt des Todes, ein. Es war Rogers erster Auslandsaufenthalt, und er hatte noch über vierundzwanzig Stunden Zeit. Was sollte er tun? Paris war ihm völlig fremd und er sprach kein Wort französisch. Roger rannte herum, fand eine Sehenswürdigkeit nach der Anderen, nur den Eifelturm nicht. Wo stand dieses verdammte Stahlmonstrum? Viele Stunden später traf er schließlich auf sein Ziel und hastete mit letzter Kraft die vielen Treppen hinauf. Akribisch suchte er sich einen geeigneten Platz aus, damit morgen von unten auch alles gut zu sehen war.

Das war also getan, doch was jetzt. Einen Platz zum Schlafen würde er ohne Geld in der Tasche wohl kaum finden. Also schlich Roger weiter durch die Straßen, auf der Suche nach einem geschützten Schlafplatz. Eine Parkbank sagte ihm zu, auf die er sich legte, zugedeckt mit seiner zerschlissenen Jacke. Doch die Ruhe wurde wenig später jäh gestört, ein Clochard machte Roger mit 'schlagenden' Argumenten klar, dass dies sein Platz sei. Der Lädierte hinkte von dannen und fand in einem

Hinterhof schließlich ein neues Domizil. Roger legte sich in eine dunkle Ecke und fand sogar einen alten Mantel zum zudecken. Endlich kam er zum Schlafen. Traumlos raste der Rest der Nacht vorbei, bis er schließlich von lautem Gebell und üblem Geruch geweckt wurde. Die schäferhundgroße Promenadenmischung hatte frühmorgens ihr Revier abstecken wollen und auf den dort Ruhenden keine Rücksicht genommen. „Scheißtöle! Hättest du nicht in die andere Ecke schiffen können", schrie Roger und wischte sich die Tropfen aus dem Gesicht. Schuldbewusst klemmte der Hund den Schwanz zwischen die Beine und enteilte.

Den Rest des Tages verbrachte Roger mit verzweifelten Waschversuchen, er wollte ja nicht vollgepisst zu seinem großen Auftritt gehen. Gegen Entrichtung seines letzten Geldes erhielt er schließlich am Gare de Nord eine Säuberungsmöglichkeit. Es war Nachmittag geworden und Roger suchte langsam sein Ziel auf. Nach mehrmaligem Verlaufen fand er schließlich den Champ de Mars und damit auch das Weltausstellungsrelikt. Am Eingang durchfuhr es ihn plötzlich: Er hatte das Eintrittsgeld vergessen! Sollte sein Plan daran scheitern? Gedankenverloren schritt er umher und stand schließlich vor einem Brunnen. Das war die Lösung! Jeder blöde Tourist warf sein Kleingeld in jede Art von Gewässer. In einem Moment, an dem mal wenig Betrieb war, hechtete Roger ins Wasser und suchte nach Francs und Centimes. Die umherstehenden Touris nahmen die Zweckendfremdung ihrer Glücksbringer eher belustigt als verärgert hin. Nach einer halben Stunde hatte er genug gefunden. Er hastete zum Turm zurück, entrichtete seinen nassen Obolus und suchte die zuvor ausgesuchte Stelle auf. Als es auf achtzehn Uhr zuging kletterte Roger langsam die Stahlstreben hinaus bis zu der Stelle, welche er sich gestern ausgesucht hatte.

Und hier stand er nun schon seit geraumer Zeit, vom Wind geschüttelt. Irgendwann hatten besorgte Besucher die Polizei informiert, die neben einigen Beamten eine Frau schickten, vermutlich eine Psychologin, die ständig auf ihn einredete. Da Roger nicht geantwortet hatte, hielt sie ihn für einen Franzosen. Die sprangen wohl häufiger von ihrem Wahrzeichen. Das Gequassel nervte ihn, er war mit wichtigeren Dingen beschäftigt. Wo war Susan? Wo waren die Anderen, denen er geschrieben hatte, wo die informierten Zeitungen? Verdammt,

Tränen sollten fließen, so hatte sich das Roger voller Selbstmitleid ausgemalt, Susan sollte um Verzeihung bitten, ihn zur Umkehr überreden, vor all seinen Freunden, vor den Blitzlichtern der englischen Presse. Er hatte wohl zu viele schlechte Filme gesehen. Seine Vorstellungen wirkten jetzt so albern, so irreal.

Ein paar blutrünstige Touris standen mit gezückter Kamera unten auf dem Platz. Sie hatten wohl die Erwartung, ihre heimische Diasammlung durch ein Blutlachenfoto zu krönen. So zu sterben war nicht nur dumm, sondern sicherlich auch sehr schmerzhaft, das wurde ihm jetzt klar. Doch hatte sich Roger vorher keine Gedanken über einen eventuellen Rückweg gemacht, wieso auch? Langsam schnitten sich die rostigen Stahlträger in die Hände, der Wind wurde immer heftiger. „Wieso eigentlich sterben?", dachte sich Roger. Die Angst erfüllte ihn mit neuem Lebensmut. Es gab nur eine Chance, die Frau musste helfen! „Holen sie mich hier runter!!!" Die Psychologin wechselte sofort in akzentbeladenes Englisch. „Wir helfen ihnen, halten sie noch kurz aus". Sie sprach zu einigen Beamten, die in ihrer Nähe standen. Diese begannen sofort in Richtung des Verzweifelten zu klettern. Doch in diesem Augenblick bekam der verhinderte Todesspringer noch Besuch einer ganz anderen Art. Einige Tauben kamen heran geflogen und ließen sich auf der Suche nach einem windgeschützten Platz auf Rogers weit ausgestreckten Armen nieder. Dieser ließ vor Schreck einige Sekunden die Streben los - einige Sekunden zuviel, wie sich herausstellte. Sein Nachgreifen ging ins Leere. Langsam, wie ein Turmspringer, kippte Roger nach hinten, bildete fast einen rechten Winkel zum Turm, bis auch die Füße ihren letzten Kontakt zum Turm verloren. Aufgeschreckt flogen die Tauben davon. Roger wollte schreien, doch ein Stahlträger, auf den er Kopf voran aufschlug, verhinderte dies. Es sollte nicht der letzte Kontakt zum Pariser Wahrzeichen auf dem Weg nach unten sein.

Die Ärzte machten keinen Versuch mehr, das Opfer noch zu retten, ein so verstümmelter Mensch konnte nicht mehr leben. Nur noch wenige Touris überwanden ihren Ekel und machten Photos von den blutigen Überresten, die auf dem Pflaster lagen.

Da weder Ausweis noch ein anderer Identitätshinweis vorlag und die Leichenreste nicht genug für ein Phantombild hergaben, kontaktierten die französischen Behörden ihre englischen Kollegen. Diese winkten ab. Sie hätten niemanden mit der Beschreibung als vermisst gemeldet. Außerdem könnte nicht jeder auf der Insel beigesetzt werden, nur weil er Englisch spräche. So wurde es nichts mit dem von Roger erträumten Ende; er kam lediglich in den Genuss einer Feuerbestattung und eines neuen Namens: „Identität unbekannt"

Jón

Es war ein kalter Novembertag, soweit man
von einem Tag reden konnte, hier, am Ende der Welt, wo das Tageslicht sich gerade
mal ein paar Stunden hinaus traute. Höfn
war ein beliebter Ort in der Saison, den
kurzen Monaten des Sommers, wenn die
Touristenströme in Wohnmobilen und
Jeeps vorbeirollten und Geld in alle Taschen, auch in die von Jón Gunnarsson,
spülten. Doch jetzt war es ruhig und vor
allem kalt. Dem eisigen Regen des No-
vembers folgten wahre Schneemassen, so
dass es der altersschwache Geländewagen trotz Schneeketten kaum über die Pis-
te schaffte. Was für eine Kälte, aber Jón
musste zu seinen Pferden. Während die
eingerittenen Isländer im Stall standen,
verbrachten die noch Ungezähmten den
Winter am Berg. Sie waren jung und stark,
konnten dem Wetter trotzen, brauchten
aber trotzdem das Heu, um nicht zu ver-
hungern. Jón parkte den Wagen irgendwo
im Nichts und stieg aus. Der eiskalte Wind
blies ihm den losen Schnee ins Gesicht, da
half auch der weiße Rauschbart nichts
mehr. Er war hier geboren, aufgewachsen
und hatte Island nie verlassen. Selbst die

obligatorische Inselumrundung, eine Pflicht für jeden Isländer, hatte Jón ausgelassen. Er gehörte hier in den Süden und schon die Leute aus Reykjavik waren ihm fremd. Jón liebte diesen Fleck nicht, er fand ihn im Winter geradezu trostlos, doch er gehörte hier her. An dieser Einstellung war schon seine Ehe gescheitert, nach fast 20 Jahren und drei Kindern, zu denen er kaum noch Kontakt hatte. Seine Ex lebte jetzt mit einem Typen zusammen, der sich mit dem Autoverleih an Touristen eine goldene Nase verdiente. Die Winter verbrachten sie auf den kanarischen Inseln. Vor einigen Jahren hatte sie Jón sogar eine Postkarte geschrieben, eher aus Gehässigkeit als aus dem Wunsch zu grüßen.

Jón bewegte sich durch den Schnee und erreichte die großen Rundballen. Doch bevor er mit der Fütterung beginnen konnte hörte er einen Laut, ganz leise, weit weg. Er spitzte die Ohren und bewegte sich so schnell es das Wetter zuließ in Richtung des Geräusches. Seine Augen waren mit der Zeit müde geworden, seine Ohren dagegen wurden eher besser. Den Klagelaut eines Pferdes hätte er auch bei Schneesturm auf Kilometer gegen den Wind erkannt. Er mochte seine Pferde, aber sie waren vor allem sein Lebensunterhalt, jedes einzelne. Und hier war eines in arger Not, zumindest wurden die Rufe lauter. Jón ging also in die richtige Richtung. Endlich hatte er die Quelle der Laute erreicht. Vor ihm öffnete sich ein Loch in der Schneedecke. Das war nicht einfach eine Schneeverwehung, dachte Jón, als er auf dem Bauch robbend in das Loch schaute, das sich locker drei Meter in die Tiefe erstreckte. Unten strampelte ein Falbe um sein Leben, allerdings ohne Chance, sich zu befreien. Es war einer der Jährlinge, der sich unerfahren zu weit von der Herde wegbewegt hatte. Allerdings hatte Jón ein solches Schneeloch auch noch nicht gesehen. Im Wagen hatte er ein langes Seil. Wenn er bis hier hinkam, konnte er sich damit in die Schneegrube abseilen. Runter war nicht das Problem, aber zusammen mit dem Falben zu erfrieren, danach stand ihm der Sinn nicht. Es dunkelte schon reichlich und allein stand er ziemlich blöd da, wenn etwas passierte. Aber das Pferd hätte keine Chance, wenn er zurückfahren würde. Seine älteste Tochter hatte ihm vor zwei Jahren ein Mobile gekauft, das leider fast nirgendwo außerhalb der Küstenregion Empfang hatte. Also alleine! Seine treue Rostlaube machte keine Probleme. Jón band den Strick an die Abschleppöse ging zum Loch und ließ sich vorsichtig hinunter. Kaum hatte er allerdings den Rand hinter sich gelassen, gab die Schneedecke nach. Mit einem schnellen Satz schoss der Retter nach unten. Sein Sturz wurde unsanft von einem Körper gebremst. Jón dachte, er wäre auf den Falben gefallen, doch der stand jetzt ruhig und beobachtend in der anderen Ecke. Trotz der Dunkelheit konnte er deutlich erkennen, was ihn gebremst hatte. Ein Mensch in Outdoorklamotten lag direkt unter ihm. Dass er tot war, konnte man nur zu deutlich an den Verwesungsspuren erkennen, welchen der Frost Einhalt geboten hatte. Jón hatte in den Jahren viel gesehen, aber jetzt musste er einfach kotzen.

Olaf kräuselte die Stirn, als er auf die Bilder schaute. "Der Medizinmann meinte, ohne deine Kotzerei wäre es leichter gewesen." Jón schaute genervt: "Dann fall du doch mal in ein Loch auf eine vergammelte Leiche." Er nippte an seinem Kaffee. In der kleinen Wache war es wenigstens warm. Olaf saß in seinem weißen Uniformhemd mit dunkler Krawatte gegenüber. Sein Haar war mittlerweile grau geworden, nicht mehr so pechschwarz wie zur Schulzeit. Olaf war wie Jón immer in Höfn gewesen, sie kannten sich seit frühester Kindheit und würden wahrscheinlich auch noch im Altersheim nebeneinander sitzen. Es gab Schlimmeres, abgesehen von der Tatsache, dass jeder bereits die Geschichten des Anderen kannte. Doch zumindest diese Geschichte war neu:

Den ganzen Sommer hatten Radiostationen und Zeitungen von den zwei vermissten Deutschen berichtet. Diese waren nach Island geflogen, um Urlaub zu machen und verschwanden dabei spurlos. Nachdem es von den Beiden über Wochen keine Rückmeldungen gegeben hatte, initiierten die besorgten Angehörigen zusammen mit den isländischen Behörden eine Suchaktion. Die Personenbeschreibung hing an jeder Kneipe und jedem Campingplatz: Zwei junge Männer waren darauf abgebildet. Der Jüngere von Ihnen war untersetzt und hatte lockiges dunkles Haar. Der Andere, um die dreißig, war groß und schlaksig. Auf letzteren war Jón gestern gefallen. Die Vermissten steckten nicht in einer Gletscherspalte, wie vermutet, sondern in einem Loch an seinem Berg! "Gut für die Angehörigen, dass endlich zumindest einer gefunden ist. Mirko Reisig, 29 Jahre, hat sich beim Sturz den Hals gebrochen, sagt der Medizinmann. Wenn das Wetter besser ist, dann werden wir hier noch kräftig graben müssen, um den anderen zu finden." Jón schaute fragend: "Und das ist alles? Warum liegt der plötzlich im Winter in meinem Berg? Warum habe ich die Leiche nicht schon früher entdeckt? Seit Juli vermisst, jetzt ist November." Olaf setzte jetzt sein dienstliches Gesicht auf: "Die Experten aus Reykjavik haben das alles rekonstruiert. Du weißt doch, wie die Touris sind, rennen überall rum. Wir markieren die Wanderwege mit kleinen, bunten Pflöcken, damit sie genau da nicht langlaufen. Es hat da einen Spalt im Berg gegeben, der mit der Zeit überwuchert wurde. Die Beiden kraxelten herum, und schwubs lagen sie drin. Sei froh, dass du nicht selber reingefallen bist. Wie oft kommst du denn an die Ecke?" Jón räusperte sich: "Gar nicht, da geht ja auch nie ein Pferd hin, außer dieser bekloppte Jährling. Und jetzt habe ich die Scherereien." Er trank seinen Kaffee aus und ging aus der Wache. Draußen sah er, wie die Polizeibusse zurück in die Hauptstadt fuhren, interessanteren Fällen entgegen. Es waren nicht die Umstände, Aussage hier, Beschreibung da, die Jón störten. Es war vielmehr das Desinteresse. Im Sommer hatten alle wie wild gesucht. Und jetzt ist er, Jón Gunnaarsson, an seinem Berg fündig geworden, aber es interessierte keinen Menschen mehr. Er fuhr zurück, fütterte die Pferde, holte sich von der Tankstelle einen Burger und machte sich einen Tee. Dann schaute er fern und war weiterhin unzufrieden. Um 8 Uhr reichte es ihm. Jón nahm sich ein paar Bierdosen aus dem Kühlschrank und fuhr zu Olaf, der mittlerweile Dienstsschluss haben musste.

Sie saßen schließlich Stunden zusammen, trinkend, quatschend. "Was willst du denn damit erreichen?" fragte Olaf genervt. Jón wollte mit den Angehörigen seiner Leiche sprechen, obwohl es wohl kaum welche gab.

Mirko Reisig hatte seine Eltern früh bei einem Verkehrsunfall verloren. Eine Freundin hatte er nicht, lediglich eine Schwester, mit der Olaf telefoniert hatte. Sie hatte eine leise, klare Stimme. Diese Auskünfte und eine deutsche Telefonnummer, mehr hatte er nicht. "Ich will mit ihr reden, sagen, dass ich ihren Bruder gefunden habe." Jón wunderte sich über sich selbst. Sie würde es interessieren, natürlich, aber warum war ihm das so wichtig. Egal, er hatte die Nummer, musste Olaf noch Versprechen, dass er sie im Web gefunden hatte. Er fuhr trotz des Alkohols mit dem Wagen. Zum spazieren gehen war es zu kalt und die

Polizei hatte ja ebenso viel getrunken wie er.

Der Kaffee stand auf dem Küchentisch, daneben das Telefon und der Zettel mit der langen Nummer. Davor saß ein sichtlich nervöser Jón Gunnarsson, der sich an seinem Bart zupfte. Er hatte die Nummer schon mehrmals gewählt, aber immer wieder aufgelegt, bevor eine Verbindung entstand. Er konnte ein wenig Englisch für die Touristen. Aber würde es reichen, um sich über ein solches Thema zu verständigen? Wieder wählte er die Nummer, ließ aber die Verbindung zu. Eine Frauenstimme meldete sich. "Are you the sister of Mirko Reisig?" Sie bejahte auf Englisch. Es war wirklich eine leise, aber angenehme Stimme. "I am Jón Gunnarsson from Island. I found your brother. I want to say, that I am so sorry." Das war wirklich ein wildes Radebrechen, aber es funktionierte. Sie dankte ihm, ließ sich Ort und Umstände erklären und erzählte schließlich von ihrem Bruder. Er war liebevoll, hatte sich um seine kleine Schwester gekümmert, als die Eltern starben. Nach außen hin wirkte er eher verschlossen, fast arrogant - vielleicht lag das an den Heimen, in denen er groß wurde. Sabine Reisig war in einer Pflegefamilie aufgewachsen. Sie war jünger und hatte es einfacher gehabt als ihr Bruder. "Er hatte von der Islandreise nichts erzählt, hatte nur gesagt, dass er ein paar Wochen weg wäre." Seit ein paar Jahren, nach ihrer Heirat, waren die Telefonate mit Mirko seltener geworden. Er war nach Hannover gezogen, hatte vor Jahren mit Ach und Krach sein Abitur nachgeholt, um Maschinenbau zu studieren. Das war schon immer sein Traum, seitdem er seine Lehre als Mechaniker beendet hatte. Jón machte sich Notizen und fragte öfter nach, wenn er etwas nicht verstand. Die Frau sprach nur gebrochenes Englisch, was allein durch die Langsamkeit das Verstehen vereinfachte. Sabine vermutete, dass er mit dem Studium oder Hannover oder beidem nicht klar kam und den unangenehmen Fragen seiner Schwester ausweichen wollte. Deshalb -so meinte sie- habe er sich nicht bei ihr gemeldet. "If there was a problem, he tryed to escape." Und diese Flucht endete an seinem Berg, dachte Jón. Er gab ihr seine Telefonnummer, denn sie war nett und wollte sich melden, wenn ihr noch Fragen einfielen. Dafür gab sie ihm eine Nummer der Eltern des anderen Mannes. Diese hatten den Kontakt zu Sabine hergestellt, als ihr Sohn über längere Zeit nicht zu erreichen war. Jón war nicht klar, was er damit sollte. Er kritzelte die Nummer dennoch neben die von Sabine auf die Postkarte von seiner Frau. Sie verabschiedeten sich. Ein nettes Telefonat für Jón, das netteste seit langem, doch zufrieden war er immer noch nicht.

Der Frühling kam spät nach Island. Erst Mitte Mai ließ die Kälte nach, und der Boden konnte tauen. Jón hatte die Hände in den Taschen. Seine Pferde standen auf dem Berg und schauten sich verwundert das bunte Treiben an. Viele Männer mit Helmen, Seilen und ulkigen Fahrzeugen sprangen um ein Loch im Boden herum. "Wie lange soll das noch gehen?", fragte Jón Olaf, der neben ihm stand. Der erwiderte genervt: "Was weis ich, zwei Tage, eine Woche, oder einfach bis sie ihn gefunden haben. Der Spalt ist viel tiefer als gedacht. Du und dein Falbe, ihr habt viel Glück gehabt!" Jón machte eine abwertende Geste: "Ganz Island ist voller Spalten, und es fällt trotzdem keiner rein." Er gab seinen Pferden das Futter, fuhr nach Hause und machte sich einen Tee. Das Telefon klingelt:
Seine Tochter hatte wohl ihr schlechtes Gewissen zu einem Anruf veranlasst. Es

ging ihr gut mit ihrem Mann und den zwei Kindern, die Jón nur von Bildern kannte.

Er wusste nicht, was er sagen sollte. Also berichtete er einfach von den vermissten Männern. Aldis hatte es schon als kleines Kind geliebt, geheimnisvolle Geschichten von Trollen und Elfen zu hören. Das hatte sie sich bewahrt. Sofort war sie Feuer und Flamme, fragte nach, stellte Vermutungen an. Selten war ein Telefonat mit einem seiner Kinder so aufbauend gewesen. Endlich ehrliches Interesse. "Da stimmt was nicht, Pabbi", sagte sie am Ende mit bestimmendem Ton, "ruf mich an, wenn es was Neues gibt, unbedingt!" Jón legte auf, bestärkt in seinem Entschluss, den er während des Gesprächs gefasst hatte. Heute war großer Telefontag. Er kramte die Postkarte seiner Frau heraus und wählte die Nummer, welche er von Sabine erhalten hatte.

"Regine Grünau", meldete sich eine tiefe Stimme. Jón erklärte, wer er war, und das er einen der Verschwundenen an seinem Berg gefunden hatte. Am Apparat war die Mutter von Thomas Grünau. Sie erkundigte sich nach dem Stand der Suche und dankte ihm für sein Bemühen. Die Frau sprach sehr gutes Englisch, so dass Jón trotz der Notizen nicht alles verstand. Sie wohnte zusammen mit ihrem Mann und ihrem

Sohn in Hannover. Thomas hatte Maschinenbau studiert und wollte letzten Sommer mit einem Freund zwei Wochen nach Island zum Wandern. Er hatte sich bis zu seinem Verschwinden zuverlässig gemeldet, so hatte sie sich zunächst keine Sorgen gemacht. Doch als Thomas über eine Woche nicht auf seinem Handy erreichbar war, sprach seine Mutter mit der Schwester seines Begleiters, später dann mit der Polizei. Den Rest kannte Jón. Freundlich wurde das Gespräch beendet. Jón legte das Telefon weg, machte sich einen weiteren Tee und kräuselte seinen Bart. Irgendwie war er nicht zufrieden. Er nahm erneut das Telefon zur Hand und rief Aldis an.

Jóns alter Geländewagen hatte sich mühsam die Berge vor der Küste hinaufgeschleppt und freute sich förmlich auf die steile Abfahrt nach Seydisfjördur. Hinten im Wagen lag der große Rucksack, der noch von seinem Ältesten liegen geblieben war. Eine verrückte Idee, die seit den ersten Telefonaten immer mehr gereift war. Jón wollte endlich etwas gegen diese Unzufriedenheit tun. Die Suchtrupps hatten gebuddelt und gesucht. Der einzige Erfolg war, dass sein Berg aussah wie ein Schlachtfeld. Für die Umstände hatte er sogar eine kleine Entschädigung erhalten. "Mach doch einfach eine schöne Reise", hatte Olaf gesagt. Genau das tat er jetzt, irgendwie zumindest. Neben ihm lag die Postkarte seiner Frau, auf der sich zu den Nummern mittlerweile Adressen gesellt hatten. Auch das Mobile hatte er dabei. Jetzt machte es endlich mal Sinn, allein um Aldis zu erreichen. Mit seiner Tochter hatte er in den letzten Wochen mehr Kontakt als in all den Jahren zuvor.

Er kam schließlich am Hafen an, wo die gewaltige Fähre stand. Aldis hatte ihm geraten zu fliegen. Nach einem Sprichwort sind die Isländer direkt vom Pferderücken auf das Flugzeug umgestiegen. Jón war demnach kein typischer Isländer. Er traute diesen fliegenden Polstersesseln nicht, verließ sich lieber auf seine Pferde oder, wie in diesem Fall, auf sein treues Gefährt. Also musste sein Wagen mit auf die Norröna, die in drei Tagen über die Farörinseln bis nach Hanstholm fuhr. Im Hafen stand schon eine lange Schlange skurrilster Geländefahrzeuge und Wohnmobile. Die ersten Touris hatten ihren Besuch auf der Insel scheinbar beendet. In der Autoreihe neben ihm schaute ein Italiener mit Sonnenbrille etwas abschätzig auf Jóns Wagen. Du Spinner, dachte er und wartete geduldig, bis er in die Fähre gewunken wurde.

Jón kannte Boote, meist Fischkutter oder Trawler, die bei Sturm ordentlich schaukelten. Dieses Boot war anders, es lag wie ein Brett im Wasser. Es war kaum zu merken, dass sie sich mitten auf dem Atlantik befanden. Überall gab es Geschäfte, Restaurants, selbst eine Sauna. Auf wenig Platz lebten in dieser schwimmenden Stadt mehr Menschen als in Höfn. Jón wollte sparsam sein und hatte ein Bett in der Couchette gebucht, was nur einen Buchteil des Kabinenpreises kostete. Schon in der ersten Nacht hatte er das schnell wieder bereut. Weit unten im Boot, noch unter den Fahrzeugdecks, waren in kleinsten Räumen neun Betten, jeweils drei übereinander, untergebracht. Und Jóns Bett war ganz oben, vom Bett bis zur Decke waren es vielleicht 60 cm, wenn überhaupt. Er stellte sich mit Sicherheit nicht an, aber wer die Weite der Insel gewöhnt war, der konnte in diesen Kaninchenställen kaum schlafen. So hatte Jón am zweiten Abend die Postkarte, das Telefon und seine Notizen gegriffen und war in den Viking-Club gegangen, der Nachtclub an Bord. Hier saß er nun, trank sich mit Bier die Müdigkeit an und lauschte der Tanzmusik von Jimmis Gang.

Er schaute auf seine Notizen und die Landkarte von Deutschland. Sabine wohnte in der Nähe von Hamburg, also war das sein erstes Ziel. Sie hatte er vor einigen Tagen angerufen. Die junge Frau klang noch leiser, irgendwie grüblerisch. Sie hatte den Nachlass ihres Bruders geordnet, soweit das nötig war. Dessen Zimmer in einem Studentenwohnheim war förmlich leer, keinerlei persönliche Dinge, keine Bilder oder Poster. Der kleine Raum sah aus, als wäre er unvermietet gewesen.

Frau Grünau war telefonisch nicht mehr zu erreichen. Ihre Adresse hatte er allerdings von Sabine, Hannover würde also das zweite Etappenziel sein.

"Where you are from?", hörte er es neben sich. Es war der Italiener, dessen Auto vor der Fähre neben seinem gestanden hatte. "Island" sagte Jón kurz, doch der andere ließ nicht locker. "What you are going to do?", radebrach er. Jón schaute von seinen Notizen auf "I am showing my car the world." Der Italiener schaute ihn verdutzt an und lachte dann los: "Very funny, you want a beer?"

Es wurde ein lustiger Abend. Mario Termo, so hieß der junge Mann, war auf dem Weg zurück nach Turin und war durstig wie spendabel. Nach zwei Stunden grölten die beiden bei jedem Lied mit und trieben Jimmy hinter dem Schlagzeug die Schweißperlen ins Gesicht. An diesem Abend konnte Jón gut schlafen, obwohl, seiner Meinung nach, das Boot ordentlich schaukelte.

Sie erreichten am nächsten Nachmittag Hanstholm. Jóns Schädel hämmerte, als er von Bord fuhr. Er musste nach Süden, das erste Stück ging über Land. Nach ein paar Stunden begann es zu dämmern, und sein Kopfschmerz wurde nicht besser. Also hielt er an einer kleinen Pension in einem ebenso kleinen Ort.

Eine dicke Dänin öffnete ihm mit einem unfreundlichen "Hä?" Jón fragte auf Englisch nach einem Zimmer und bekam nur "Sevenhundred Krones without Breakfast" zur Antwort. Preise wie in Kopenhagen, freundlich wie im Schweinestall. Er gab ihr seine Kreditkarte, sie gab ihm den Schlüssel. Hatten diese Dänen Island in der Vergangenheit nicht genug bluten lassen? Scheinbar nicht, dachte er, als er das karge Zimmer betrat und Aldis anrief.

Am nächsten morgen verließ er das Motel mit einem wesentlich volleren Rucksack. Er hatte alles, vom Handtuch bis zum Seifenspender, mitgenommen. Das war sozusagen die Reparation für Jahrhunderte andauernde Besetzung und schlechten Service.

Er fuhr auf eine Autobahn und hatte plötzlich Angst. Trotz 35 Jahre Fahrerfahrung hatte Jón noch nie so viele, so schnelle Autos auf so vielen Spuren gesehen. Jón blieb, ans Lenkrad gekrallt, eisern rechts und ignorierte nach Kräften die drängelnden LKW hinter ihm. Zum ersten Mal, seit er seinen Wagen hatte, war die Klimaanlage eingeschaltet. Solche Temperaturen kannte er nur aus dem Hotpot in Höfn. Er fuhr und fuhr, verließ Dänemark und erreichte nach Stunden Hamburg. Er war überwältigt, dagegen wirkte Reykjavik wie ein Dorf. Trotz der Beschreibung von Sabine dauerte es Stunden, bis er den Großstadtjungle hinter sich gelassen hatte und in ruhigere Gefilde fuhr. Sabine wohnte in einem kleinen Ort an der Elbe namens Jork, direkt über einem Einkaufsmarkt. Jón parkte dort und klingelte bei Schrader, so hieß Sabine nach ihrer Heirat. Eine Stimme kam aus der Sprechanlage, Jón antwortete und betrat wenig später eine kleine Wohnung. Sie hatten keine Kinder, das sah er sofort. Sabines Mann arbeitete im nahen Flugzeugwerk, wie fast alle hier, die nichts mit Äpfeln zu tun hatten. Sabine war klein, dunkelblond und hatte ein ernstes Gesicht. Sie sah aus wie ihre Stimme, authentisch, ehrlich. Sie tranken Kaffee, Jón sah sich Bilder von Mirko an, Sabine erklärte auf Englisch. Ihre Augen waren feucht. Es fiel ihr nicht leicht, obwohl Monate vergangen waren.

Bilder eines kleinen Jungen, dann der erwachsene Mirko, zusammen mit Freunden, beim nachgeholten Abitur. "May I can get this photo? I will bring it back, when I am go back to Island." Er wusste selbst nicht so genau, was er damit wollte. Aber Sabine nickte, und so steckte er es zu seiner Postkarte. Die junge Frau seufzte: "Nothing left from him, his place was so empty". Das wusste Jón bereits, also fragte er nach Thomas Grünau. Doch Mirko hatte ihn seiner Schwester gegenüber nicht erwähnt. Als er schon in der Tür stand fragte sie ihn noch, warum er das alles täte. Die Reise, die Mühen, um einem Toten nachzujagen. Jón zuckte mit den Schultern. Was gab es auch zu sagen? Er war einfach nicht zufrieden.

Ein paar Stunden Autobahn und Jón sehnte sich nach den leeren Pisten Islands zurück. So viele Menschen schienen es unwahrscheinlich eilig zu haben, anders war das Geblinke und Gedrängel nicht zu erklären. Als er schließlich Hannover erreichte wurde es noch hektischer. Mit viel Geduld und Aldis guter Wegbeschreibung aus dem Internet kam er schließlich in ein ruhiges Viertel mit sehr noblen Häusern. Jón stellte fest, dass das Größte von ihnen sein Ziel war. Den Grünaus schien es nicht schlecht zu gehen, ganz im Gegenteil. Er klingelte und wurde von einer jungen Frau hinein gebeten. Frau Grünau saß in einer Art Halle mit unendlich hoher Decke auf einem Sofa. Das Haus war keine 30 Jahre alt, aber dem Stil alter Herrenhäuser nachempfunden. Jóns komplettes Haus hätte wohl in dieses eine Zimmer gepasst. Und selbst in seinem Haus nutzte er kaum alle Räume. "Pleased to meet you", begann sie und erinnerte ihn an seine Mathematiklehrerin. Es war diese Strenge, das zusammengesteckte Haar, die große, goldgerahmte Brille, die Seidenbluse. Alles war wie bei Frau Jacobsdóttir, die mit einem Blick durchschaut hatte, dass er, anstatt Hausaufgaben zu machen, wieder mal Angeln war. Jón erzählte von der Suche an seinem Berg und der verzweifelten Sabine. Es sei hart, sagte Frau Grünau. Auf seine Nachfrage hin holte sie mehrere Fotoalben und gab sie ihm. Ein braves Kind wurde zu einem ebenso braven jungen Mann. Die Bilder zeigten die Familie: Urlaub im Süden, Vater und Sohn vor dem Snæfellsjökull. "Island!", sagte Jón begeistert. "Yes, Summer 1999." Dann kamen Bilder mit Freunden, Oktoberfest, Mallorca. "He had a girlfriend?" Jón versuchte, den Satz als Frage zu betonen. Frau Grünau schüttelte den Kopf. Nach einer halben Stunde bedankte sich Jón und die Hausherrin brachte ihn zu Tür.

Jón stand vor dem Haus und war irgendwie unzufrieden. Er nahm sein Telefon aus der Tasche, wählte Aldis Nummer und hoffte, dass ihn das Gespräch nicht in das Armenhaus bringen würde. "Nur Freunde auf den Bildern, keine einzige Frau?", fragte Aldis nach seinem Bericht, "Die beiden sind garantiert schwul." Jón nickte. Das war ihm auch schon in den Sinn gekommen. Er zwirbelte seinen Bart, blickte herum und sah schließlich die junge Frau, welche ihm die Tür geöffnet hatte, beim Wäsche aufhängen. "Ich hab eine Idee, bis nachher!", beendete er das Telefonat, stieg über den niedrigen Zaun und ging zur Wäscheleine. "I have some questions, may you help me?", begann Jón. Die Antwort kam überraschender Weise in perfektem Isländisch:

"Aber gerne helfe ich dir." Es tat Jón gut, dass er mal wieder in der eigenen Sprache sprechen konnte. Die junge Frau hieß Ugla, war das Aupairmädchen und stammte aus Nordisland. Eigentlich war London ihr Traum, aber gegen das wunderbar langweilige Island war Hannover als Abwechslung ganz in Ordnung. Über Thomas konnte Ugla leider nicht viel sagen, sie war erst seit einem Monat hier. "Ich wohne in seinem Zimmer. Das ist schon ein wenig komisch, es ist überhaupt nicht verändert worden. Der Vater von Thomas, mein Gastvater, ist zwar Islandfan und wohlhabend dazu, aber auch furchtbar geizig." Sie kicherte und drehte sich um, als könne jemand lauschen. Selbst wenn das der Fall wäre, Isländisch würde wohl kaum jemand verstehen. "Echte Islandwolle. Der sieht ja aus wie frisch von unserer Insel. Damit frierst du bestimmt nicht", sagte Jón und zeigte auf den gestrickten Pullover, den die junge Frau gerade aufhängte. "Das ist nicht meiner. Wenn er es wäre, hätte ich ihn wohl kaum in die Maschine gesteckt, welch ein Frevel!", sagte sie mit Entrüstung und wendete sich ihrer Wäsche zu. Jón verabschiedete sich von der jungen Frau und fuhr wieder Richtung Großstadtchaos.

"Wer nennt denn sein Kind Eule?", frotzelte Aldis am Telefon. Jon versuchte zu scherzen: "Vielleicht ein verhinderter Literat!? Im Ernst, was meinst Du zu der ganzen Sache?" Eine lange Pause entstand auf der anderen Seite, als sei die Entfernung plötzlich durch den Draht zu spüren. Schließlich seufzte sie: "Es war wohl keine zweite Leiche zu finden in deinem Berg." Jón nickte zustimmend bis er daran dachte, dass Aldis ihn ja nicht sehen konnte. Jetzt war ihm auch klar, wieso Aldis diese Pausen machte. Es war eindeutig seine Tochter. "Ich glaube, die zweite Leiche ist hier in Hannover und so gar nicht tot. Aber wenn ich damit zur Polizei gehe, dann lachen die mich aus." Wieder diese Pause auf der anderen Seite: "Wir brauchen Beweise, irgendwas muss uns einfallen. Erzähl mir alles noch mal genau." In der nächsten halben Stunde hatte seine Telefonfirma mal wieder Grund zum feiern. Er hatte seine Notizzettel an die Postkarte geheftet und las eifrig vor. Von der eleganten Mutter, dem geizigen Vater und einer trauernden Schwester. Vom Aupairmädchen aus dem Norden, das den neuen Islandpulli aufgehängt hatte, der ja irgendwie nach Hannover gekommen sein musste. Sie dachten nach: Erst zusammen, dann jeder für sich, dann wieder zusammen, aber ohne Ergebnis. "Wann kommst du zurück?", fragte Aldis schließlich. "Die Fähre fährt am Sonntag." Nach einer längeren Pause klang Aldis Stimme plötzlich tiefer, ernster: "Ich würde mich freuen, wenn du vorbei kommst. Wir haben genug Platz um dich ein paar Tage unterzubringen. Ich würde mich sehr freuen." Jón kräuselte seinen Bart. Tausend Gedanken, Ausreden und Ausflüchte geisterten ihm durch den Kopf: Die Pferde, das Heu, die schlechten Erinnerungen, die vielen Fehler. "Ich komme sehr gerne, mein Kind. Ich habe alle Zeit der Welt." Als Jón schließlich in das Bad seines kleinen Motelzimmers ging, sah er im Spiegel einen Mann, dessen feuchte Augen leuchteten. Aber noch war er nicht zufrieden.

Jón besuchte noch einmal Sabine. Jón wollte ihr erzählen, was er erfahren hatte und sich von der kleinen, tapferen Frau verabschieden. Dann ging es zurück nach Dänemark. Die Autobahnen machten ihm keine Angst mehr. Ob er sich wieder an die steinigen Pisten Islands gewöhnen würde? Es folgten ein paar geruhsame Tage auf der Fähre. Es gab tausenderlei Dinge, die er für Aldis und seine Enkel kaufen wollte. Jon schaute sich im Duty Free Shop gerade nach einem Parfüm für Aldis um, als ein englisches Ehepaar neben ihm über Pullover diskutierte. Im Prinzip redete nur die Frau, scheinbar islanderfahren, auf ihren kaufwilligen Mann ein: "Marc, du sparst hier nichts. Das ist nicht mal reine Wolle. Die Pullover auf Island sind auch steuerfrei, du kriegst die vierzehn Prozent bei der Bank wieder." Jón fiel fast die kleine Flasche aus der Hand.

Während die Dame zum Kurzvortrag über das isländische Steuersystem ansetzte, hastete Jón mit gezogenem Handy aus dem Laden.

Vor einem noblen Haus in einem noblem Hannoveraner Stadtteil hielten am Montag kurz nach acht drei blau-weiße Polizeiwagen. Der Hausbesitzer reagierte wirsch: "Ich kenne ihren Chef, das werden sie bereuen". Die Hausdurchsuchung konnte er dennoch nicht verhindern. Die Ehegattin empfing die Beamten mit Tränen der Resignation. "Lassen sie die Sucherei, ich werde eine Aussage machen." Der leitende Beamte fiel ihr ins Wort: "Erst mal will ich nur eines wissen, Frau Grünau. Wo versteckt sich ihr Sohn?"

Die Ringstraße machte einen weiten Bogen und gab über den Fjord den Blick auf die Vororte von Reykjavik frei. Dem Schild, welches auf den neuen Tunnel unter dem Wasser hinwies, folgte Jón nicht: Er hatte es nicht eilig. Und wenn er ehrlich war, hatte er auch Angst, eine Menge Angst sogar.

Schon einige Wochen war Jón wieder auf der Insel und hatte das Gefühl, sein Island noch mal neu zu erleben. Aus diesem Grund hatte er den Besuch bei seiner Tochter mit einer kompletten Islandumrundung verbunden. Jon hatte diese Tour genossen, doch seine Ruhe verschwand jetzt, wo er sich Reykjavik näherte. Die vierspurigen Strassen erinnerten ihn an seine Reise durch das europäische Festland. Schließlich parkte er sein treues Gefährt nahe der Innenstadt. Neben ihm standen riesige Offroader, die sichtbar den Asphalt noch nie verlassen hatten. Größenwahnsinnige Hauptstädter, dachte Jón. Aldis war anders, hoffte er zumindest. Seine Tochter wohnte in einer Seitenstraße nahe dem Stadtsee. Schließlich stand er mit pochendem Herz vor dem schönen Haus und traute sich nicht zu klingeln. Das war auch nicht nötig, denn die Tür öffnete sich, und ein kleiner Blondschopf blickte heraus. "Bist du mein Avi?", fragte das kleine Mädchen. Jón sagte leise: "Ja", und schaute zur Seite, weil seine Augen feucht wurden. Was für ein Dummkopf du bist, Jón Gunnarson, sagte er zu sich. Jetzt tauchte auch Aldis auf: "Pabbi, endlich!" Sie fiel ihm in die Arme, und Jón konnte die Tränen nicht mehr halten.

Sie saßen am großen Esstisch. Während die Kinder begeistert das mitgebrachte Spielzeug ausprobierten, sprachen Vater und Tochter, als hätten sie in den letzten Jahren nichts anderes getan. "Was musst Du denken, Aldis, wenn dein Vater kommt und heult wie ein kleines Kind?" Aldis lachte: "Ich denke einfach, dass du mich vermisst hast, alter Sturkopf. Genau wie ich dich vermisst habe. Und da muss erst ein Mörder kommen, um uns zusammen zu bringen. Aber jetzt erzähl erstmal, ich bin so gespannt." Jón grinste: "Die Engländerin hat mich drauf gebracht. Touristen kriegen in Island für Wollprodukte die Mehrwertsteuer wieder. Ich hatte ja bei dem Aupairmädchen den neuen Islandpullover gesehen. Den musste irgendjemand vor kurzem in Island gekauft haben. Außerdem hatte Ugla ja vom Geiz des Herrn Grünau gesprochen. Es war nur so eine Idee, eine

Chance. Vielleicht hatte ja Vater oder Sohn wirklich die Mehrwertsteuer geltend gemacht, bei der Ausreise oder in Deutschland. Ich habe sofort Olaf angerufen, und er hat einiges in Bewegung gesetzt. Es war nur eine winzige Chance, auf diese große Dummheit zu hoffen, aber es hat geklappt. Auf dem Flughafen in Keflavik hatte ein Herr Grünau aus Hannover wirklich die Steuer erstattet gekriegt." Aldis lachte: "So dumm muss man erstmal sein. Aber was war passiert?" Jón holte zum letzten Teil der Geschichte aus: "Wie du schon vermutet hattest waren die beiden Deutschen ein Paar. Im Urlaub kam es zum Streit. Manfred tickte aus und ging auf den anderen los. Der stürzte und war sofort tot. Manfred versteckte die Leiche und rief verzweifelt seinen Vater an. Herr Grünau, ein großer Organisator, flog sofort nach Island, um den Toten verschwinden zu lassen. Es sollte Gras über die Sache wachsen, sein Sohn sollte normal weiterleben können. Sie hatten nicht damit gerechnet, dass ein alter Sturkopf auf den Toten fällt. Und das der Sturkopf eine Tochter hat, die Miss Marple alle Ehre macht." Aldis strahlte ihn an: "Wir sind ein tolles Team". Jón nickte und war jetzt absolut zufrieden.

Streit

Ihren Blicken wich er vorsichtig aus, starrte zum Waschbecken, als ob es dort irgendetwas zu sehen gäbe. Sein Versuch, irgendwas zu sagen, irgendetwas Banales, scheiterte. Das eisige Schweigen schnürte ihm die Kehle zu. Die Minuten krochen dahin wie Stunden, was war nur passiert?
Sie waren so ausgelassen gewesen, sehr ausgelassen, vielleicht zu sehr, wie er jetzt zu erkennen glaubte. Dann war er nur kurz weggegangen, wenige Minuten, um einen Freund zu treffen. Es kam nur zu einem kurzen Gespräch: „Nein, nein, heute habe ich leider keine Zeit", und schnell war er zurück.
Und nun so etwas. War ein falsches Wort gefallen, eine dumme Bemerkung, die ihm nicht aufgefallen war? Oder war das dieser Zweifel, der schon so lange da zu sein schien, der Zweifel, der wie ein Wurm schon so lange an beiden zu nagen schien, unaufhörlich und zu jeder Zeit? Er konnte es nicht mehr aushalten. Jede dieser sich dahinschleppenden Sekunden waren wie Peitschenhiebe auf der Haut. Die Luft wurde ihm abgeschnürt. Trotz des offenen Fensters wurde jeder Atemzug zur Qual.

Es gab nur eine Lösung, weg, einfach weg. Ohne einen Blick, ohne ein Wort rannte er aus dem Zimmer, floh zu den Treppen, die mit einem Satz überwunden waren. Erst an der Haustür blieb er hechelnd stehen. Gedanken rasten ihm durch den Kopf - wilde Gedanken, ungeordnetes Chaos. Ratlos blieb er an der Haustür stehen und blickte hinauf zum Fenster, welches noch immer offen stand. Ein Zurück gab es nicht mehr. Er zündete sich eine Zigarette an und ging langsam in die Stadt.

Siggi

Ihm dröhnten die Ohren. Ein konstanter, fiepender Ton raubte ihm die letzte Konzentration. Dabei hatte er noch Glück gehabt. Auch wenn er schwerhörig bleiben würde, was machte das schon. Hauptsache lebend hier raus! Dieses Geschoss hatte nicht nur den Ton in Hermanns Ohr erzeugt, es hatte auch zwei seiner Kameraden, direkt neben ihm, buchstäblich zerrissen. Um den einen war es nicht schade, ein Hetzer, eine Heißkiste, der die ganze Einheit immer wieder in Gefahr brachte. Doch Siegfried, von allen Siggi genannt, war mit seinen 19 Jahren der Jüngste der Truppe und noch ein halbes Kind. Stolz hatte er allen das Bild seiner Freundin gezeigt, ein hübsches Ding, das er im ostpreußischen Akzent "mein Liebchen" nannte. Genau wie Hermann kam er aus Masuren. Nicht zuletzt deswegen hatte er sich für den Jungen verantwortlich gefühlt, was diesem nicht viel genutzt hatte. Dabei hatte die Einheit bisher Glück gehabt. Auf dem Weg zur Front wurden sie zu einer Sonderaufgabe im sicheren Hinterland abkommandiert. Niemand von ihnen hatte es eilig, von der Ostfront war nichts Gutes zu hören.

Mit dem LKW ging es in ein russisches Dorf, der Spieß ließ absteigen. Sein Befehl war wie immer kurz und knapp: "Tut was zu tun ist und lasst den Rest die versoffenen Hiwis machen." Mit dem Spieß, Hauptmann Fechner, hatten sie wirklich Glück gehabt. Er war ein älterer, gutmütiger Mann, der sich zur Aufgabe gesetzt hatte, seine Jungs so gut wie möglich aus allem raus zu halten. Die Art, wie er den Befehl ausgesprochen hatte war eindeutig. Auch solche Aktionen mussten ausgeführt werden, ohne dabei mehr als nötig zu tun. So schwärmten sie aus, trieben fluchende Männer, schreiende Kinder mit ihren bestürzten Müttern und heulende alte Frauen aus den Häusern, durch die unbefestigten Dorfstraßen bis zur Waldlichtung weit hinter dem Ort. Dort wurden sie von einigen SS-Männern und den ihnen unterstellten Hilfswilligen empfangen. Hiwis waren Freiwillige aus den von Deutschland eroberten Gebieten, die völlig betrunken herumlallten und mit ihren Pistolen herumwirbelten. Den SS-Leuten schien der Zustand ihrer Hilfstruppen egal zu sein. Hauptmann Fechner wurde vom Obersturmbannführer zu sich gerufen. Beide führten ein kurzes Gespräch, dann kam der Spieß zu seiner Truppe zurück, indem er sich durch die abwartende Dorfbevölkerung drängte. In für den Hauptmann unüblich hartem Ton kommandierte er: "Zehn Mann zur Unterstützung der SS, der Rest in Zweiergruppen im Wald postieren. Flüchtende sofort ohne Anruf erschießen, ist das klar?" Vom harten Ton erschreckt schallte ein "Jawohl Herr Hauptmann" zurück. Die Heißkisten, meist junge Spunte, die bei der SS Eindruck schinden wollten, meldeten sich freiwillig, so dass Hermann Postendienst machen konnte. Er ging an Siegfried vorbei und klopfte ihm auf die Schulter: "Komm, mein Junge, wir gehen den Wald bewachen." Die beiden gingen los und bezogen nach einigen hundert Metern ihren Posten, indem sie sich auf ein trockenes Grasstück setzten. Hermann nahm eine Zigarette aus dem Päckchen und warf sie Siegfried zu. "Ich qualm doch nicht", sagte der vorwurfsvoll. Dieses Spiel hatte Hermann schon zigmal wiederholt. Irgendwann würde der Kleine eine nehmen, einfach nur um Ruhe zu haben. Doch heute grinste Siggi nicht über den ständig wiederkommenden Scherz. "Was passiert jetzt mit denen?", fragte er ernst. "Keine Ahnung. Mich geht das nichts an und dich auch nicht." Doch der Junge ließ nicht locker: "Die werden doch bestimmt wo anders hingefahren, in den Osten oder so!?" Hermann wollte gerade zustimmend nicken, als Maschinengewehrfeuer wie ein lautes Hundegebell den Wald durchdrang. Dann war alles ruhig, nur in der Ferne waren leise Schreie zu hören. Siegfried blickte Hermann mit starren Augen an. Dann waren wieder Schüsse zu hören, die Letzten, bevor alles still war. Kein Tier war zu hören, kein Vogel am Himmel, nicht einmal das Summen der Insekten. Stille, absolute Stille. Siegfried sprang mit einem Würgen auf und erbrach sich an einem Baum. Dort lehnte er dann, völlig bewegungslos. Hermann stand auf und klopfte ihm auf die Schulter. "Siggi, das waren nur Juden." Der Junge drehte sich um und blickte seinen Kameraden an. Die Augen rot verheult, Erbrochenes am Mundwinkel, sprach er ohne jede Betonung: "Juden, nur Juden?" So verharrten sie, jeder in seiner Position, bis ein lautes Knacken die Stille zerriss. Hermann griff nach seinem Gewehr und legte es in die Richtung an, aus der das Geräusch kam. Jetzt war auch Bewegung zwischen den Zweigen zu erkennen. Ein schwarzer Haarschopf kam zum Vorschein, ein zerrissenes Kleid mit blauen Punkten, schließlich stand ein kleines Mädchen direkt unter Hermanns Karabiner. Der war völlig überrascht, hatte er doch einen Mann erwartet und dementsprechend hoch gezielt. Die Kleine schien die Gefahr nicht zu bemerken. Sie wirkte gelassen, voller Vertrauen, schien alle Zeit der Welt zu haben. Hermann senkte das Gewehr und zielte direkt zwischen die braunen Augen des Mädchens. Vor einigen Jahren hatte ihn sein Onkel zur Jagd mitgenommen und er hatte zum ersten Mal eine Waffe in der Hand gehabt. Auch damals war da ein Geräusch im Unterholz und ein stattliches Reh stand plötzlich vor ihm. Der Gegenwind hatte wohl die Witterung des Tieres getrübt. Hermann hatte alle Zeit zum Zielen und traf das Reh genau zwischen den Augen. Er hatte getötet und würde es auch jetzt tun. Die Situation war ähnlich, sein Finger krümmte sich langsam am Abzug. Doch ein plötzlicher Stoß brachte Hermann aus dem Gleichgewicht und riss ihn zu Boden. Der Schuss löste sich, verfehlte aber sein Ziel und nahm lediglich dem Zweig des nahe gelegenen Baumes das Leben. Siggi hockte jetzt auf ihm und schrie: "Bist du verrückt, das kleine Marjellchen zu erschießen?" Hermann schlug ihm die Faust ins Gesicht, nicht mit voller Kraft, aber stark

genug, um den Jungen von seinem Brust-
korb zu schleudern. Hermann sprang auf,
hob sein Gewehr auf und legte erneut an.
Doch es war zu spät, die Kleine war verschwunden. Nach dem Schuss musste sie
geflohen sein. Hermann drehte sich zu
seinem Kameraden um, der noch immer
blutend am Boden hockte. "Du Schwein, du
alte Sau." Er packte Siggi am Kragen und
zog ihn zu sich: "Ich hätte die Judengöre
voll erwischt." Siggi, nach dem Schlag zu
keiner Gegenwehr mehr fähig, sah ihn nur
ausdruckslos an. "Aber so ein kleines Marjellchen.", wimmerte er bloß. "Willst du
wirklich auf Kinder schießen?" Hermann
trat vor Wut in Richtung des Jungen. "Eine
dreckige Judengöre war das!", schrie er,
als wolle er sich selbst überzeugen. "Es ist
doch der Befehl." Siggi begann laut zu lachen und plötzlich war es, als wäre Siggi
der Alte und er selbst ein junger Heißsporn.
"Hat der Spieß gesagt, wir sollen auf Kinder ballern, hat er das gesagt? Raushalten
sollten wir uns, raushalten!" Und wieder
lachte Siggi, lachte als er aufstand, lachte,
als der sich das Blut vom Gesicht wischte,
lachte, als sie zurück zur Truppe gingen. "Was hast Du den gemacht?", fragten
die Kameraden. "Über eine Baumwurzel

bin ich gefallen", sagte Siggi und lachte immer noch.

Jetzt lacht er nicht mehr, nie mehr. Nach diesem Einsatz hatte sich alles geändert. Schon am nächsten Tag wurde die Einheit direkt an die Front verlegt. Auf Fechners Hilfe konnten sie nicht hoffen, am dritten Tag im Kampfgeschehen hatte sein Kommandostand einen Volltreffer erhalten. Der Hauptmann war sofort tot. Zeitgleich hatte es die Feldküche erwischt, so dass die Einheit schon seit Wochen nicht genug zu fressen bekam. Zu allem Überfluss bekamen sie einen jungen Oberst frisch von der Offiziersschule als Vorgesetzten. Beseelt vom Endsieg sah er in jedem Rückzug eine taktische Meisterleistung des Führers selbst. Die Wirklichkeit sah anders aus, die deutschen Truppen vollzogen eine panische Flucht, in welcher keine Ordnung zu erkennen war. Oft brachen ganze Frontabschnitte zusammen, so dass einzelne Einheiten, die sich nicht schnell genug zurückzogen, leicht eingeschlossen wurden. Und so war es auch ihnen passiert. Als der Oberst in einem russischen Städtchen Stellung beziehen ließ, war der Anfang vom Ende erreicht. Schon vierzehn Stunden später hatte der Ivan sie eingeschlossen während die restlichen deutschen Truppen längst hundert Kilometer westlich waren. Die Russen ließen sich Zeit. Im Angesicht des sicheren Sieges schossen sie die Deutschen langsam mürbe. Vielleicht hatten sie auch keine Lust auf den Heldentod und beschäftigten sich deshalb so intensiv mit den paar Deutschen. Während der Oberst von einer Trutzburg im Herzen des Feindes phantasierte, sprach Hermann zum ersten Mal wieder mit Siegfried. Vorher hatte er sich nicht getraut. Grund dafür war erst Wut, dann Grübelei, schließlich Scham. Aus der Judengöre wurde mehr und mehr das kleine Mädchen, dessen Mörder er um ein Haar geworden wäre. Siggi hatte ihn davor bewahrt, der neunzehnjährige Junge, der plötzlich so alt und erwachsen wirkte. "Ich glaube, du hattest recht", wisperte er kleinlaut. Siggi nickte ab: "Schon gut, der Kleinen ist ja nichts passiert." Zwei Tage später wurde der Junge von einer Granate zerfetzt. Der Oberst schwafelte von Nibelungentreue und Heldentod. Doch heldenhaft war daran nichts. Da war nur ein lauter Knall, der dieses dauerhafte Piepsen in Hermanns Ohr auslöste. Er hatte in dem Moment das Gefühl, irgendjemand habe ihn mit Dreck beworfen. Doch das war kein Dreck, es waren

Gedärme, Hautfetzen und Kot. Nichts war von Siggi geblieben, er hatte nicht mal Zeit für einen Schrei. Hermann musste kotzten, er kotzte wie noch nie in seinem Leben. Völlig erschöpft fiel er dann in sein eigenes Erbrochenes und verlor das Bewusstsein. Die nächsten Tage verbrachte er mit hohem Fieber im notdürftigen Feldlazarett. Nach ein paar Tagen schmissen sie ihn dort raus, der Platz wurde gebraucht für die vielen Schwerverletzten. Die Granate, welche seinen Freund zerfetzt hatte, gab den Startschuss für eine große Offensive. Dem Ivan war es wohl zu langweilig geworden. Russischer Artillerieregen machte langsam den gesamten Ort dem Erdboden gleich. Doch statt endlich die weiße Fahne zu hissen übte sich der Oberst in Durchhalteparolen. Stopft dem Spinner doch endlich das Maul, dachte Hermann. Doch alle machten weiter, blind, so blind wie er selbst. Siggi hätte nicht geschwiegen, doch Siggi war tot und Hermann lebte, Hermann der Feigling, der Kindermörder. Im Fieber wankte er mit seinem Gewehr durch die Ruinen, legte sich in Deckung hinter einem Toten, schoss, ohne zu zielen auf einen Feind, den er nicht sah. Plötzlich spürte Hermann, wie jemand nach seiner Hand griff. Er schaute nach oben und erblickte die braunen Augen des kleinen Mädchens. Das Fieber, schoss es ihm durch den Kopf, das muss das Fieber sein. Doch die Kleine zog äußerst real an seinem Arm, so dass er langsam aufstand. "Ich suche den Tag!", sagte die Kleine. Viel später erst stellte sich Hermann die Frage, wieso er sie verstanden hatte, ohne ein Wort Russisch zu sprechen. Jetzt schrie er sie an: "Bist du wahnsinnig! Was machst du hier?" Das Mädchen zupfte wieder an seinem Ärmel: "Ich suche den Tag. Hilfst Du mir?" Hermann bekam den Mund nicht mehr zu, alles war zu absurd, um nicht lediglich Ausgeburt seines Fiebers zu sein. "Den Tag suchst Du? Schau nach oben, es ist helllichter Tag. Und jeden Moment kann es mit uns vorbei sein." Doch die Kleine blickte ihn nur traurig an und zupfte am Ärmel: "Ich suche nicht irgendeinen Tag, ich suche meinen Tag. Bis jetzt bin ich im Dunklen gewandert, aber es muss doch einen Tag für mich geben." Hermann nickte und verstand. So gingen die beiden und suchten den Tag zusammen. Sie wanderten durch die Ruinen, vorbei an zerfetzten Toten und brennenden Panzern. Die deutschen Linien lagen schnell hinter ihnen. Hermann hatte das Gefühl, unsichtbar zu sein, oder vielmehr nicht mehr zu dieser

Welt zu gehören. Vielleicht bin ich ja getroffen, und das sterbende Gehirn beruhigt mich mit dieser verrückten Geschichte, dachte er. Doch die Kleine zog ihn weiter an seinem Ärmel, vorbei an den Russen, immer weiter, bis schließlich, statt verbrannter Erde, Wiesen und Felder unter ihren Füßen lagen. Sie gingen und gingen und suchten den Tag.

Anmerkung

Alle Geschichten dieses Buches sind frei erfunden. Ähnlichkeiten der in den Geschichten vorkommenden Personen mit lebenden oder verstorbenen Menschen sind rein zufällig und nicht beabsichtigt.

Dank

Ich bedanke mich bei allen Menschen, die mich bei diesem Buch unterstützt haben. Besonders zu erwähnen ist hierbei Sine, ohne die das Projekt nie fertig geworden wäre. Danke auch an Faxe, dessen Idee ich mir in einer der Geschichten ausgeborgt habe und an Manu, ohne deren Büchlein ich nichts zu schreiben gehabt hätte.
Besondere Grüße gehen an meine Mutter und an meine Familie. Gegrüßt seien auch Holger und Mr. Mojo Risin´, wo immer er auch sein mag.

Dirk Glowatz

Bibliografische Information der Deutschen Nationalbibliothek
Die Deutsche Nationalbibliothek verzeichnet diese Publikation in der Deutschen Nationalbibliografie; detaillierte bibliografische Daten sind im Internet über http://dnb.d-nb.de abrufbar.

Herstellung und Verlag:
Books on Demand GmbH,
Norderstedt

© 2008 Dirk Glowatz
Lektorat, Fotos: Sine Meinig

ISBN   978-3-8370-1670-3